トマス・ハーディと風景

六大小説を読む

伊藤佳子

大阪教育図書

目次

序章　ハーディと風景

英文学に見られる顕著な特徴として、作家とある特定の地域、たとえばワーズワスと湖水地方、スコットと国境地方（ザ・ボーダーズ）、ブロンテ姉妹とヨークシャー、ディケンズとロンドンというような結びつきを数多く指摘できる。そしてハーディといえばウェセックスである。

トマス・ハーディ（一八四〇―一九二八）の一連の小説は、「ウェセックス小説」と総称される。彼が「ウェセックス」という古称を復活して初めて用いたのは、『狂乱の群れをはなれて』（一八七四）においてである。ハーディは、イングランド南西部にあった古代アングロ＝サクソン時代（五世紀中頃～一一世紀中頃、つまりローマ占領時代の終わりからノルマン・コンクエストまでの時代）の王国名ウェセックスを、自分が生まれ育ったドーセット州を含む南西部の諸州全体の呼び名として用い、「鉄道が敷設され、一ペニー郵便制が普及し、草刈機や収穫機が用いられ、救貧院制度が完備し、黄燐マッチが使用され、読み書きのできる労働者が生活し、国民学校の学童たちの遊ぶ」[1]、この「半ば真実で半ば架空の」[2]近代的ウェセックスを自らの小説の主な舞台に設定し、そこに彼独自の小説世界を構築した。

ハーディが生きたヴィクトリア朝は、イギリスが世界に先駆けて産業革命を成し遂げ、「世界の工場」として工業製品を諸外国に輸出して巨万の富を築き、この経済力に加えて海軍力をも背景に、一八五〇年代から六〇年代にかけて黄金時代を生み出した時代であるが、それと同時に、かつての伝統的農村社会から都市的工業社会へと大きく転換していった時代でもある。このように急速に変化する時代の流れの中で、ウェセックス世界も例外ではなく、その伝統的な農村社会は近代化の波に翻弄された。ハーディは自らの作品において、先史時代やローマ占領時代の遺跡が数多く残るウェセックスの風景を描く中で、農村社会が崩壊の一途を辿る姿を、廃れゆく伝統行事などとともに、書き留めようとした。

父が石工という家庭環境で育ったハーディは、小説家として身を立てようと決心する前は建築家の道を歩んでいた。その建築家修業のために滞在していた一八六〇年代のロンドンで、彼は、ナショナル・ギャラリーに通って巨匠たちの作品を一日に一点ずつじっくり鑑賞するのを日課とした。[3] また、『トマス・ハーディの私的ノート』には、彼が絵画のさまざまな流派について独学で得た知識が記されており、このノートは、彼が一時美術批評家を志望していたことを窺わせる内容を示している。[4] これらのことを考えれば、絵画芸術に対する彼の関心が並々ならぬものであったことが理解できよう。ナショナル・ギャラリーは当初から、一七世紀のフランドルの風景画をかなり保有しており、[5] ハーディはオランダやフランドルの画家が描いた風俗画を好んだことから、[6] それらの全体の構図や画面の組み立て方などが、彼の風景描写に何らかの影響を与えたことは十分考えられよう。[7] たとえば『緑樹の陰』（一八七二）では、副題「オランダ派田園画」が示す通り、ハーディは田園社会の日常生活に題材を求め、それを写実主義的な方法で描くだけでなく、オランダ派絵画によく見られる、窓枠やドアの縁を額縁にして若い女性が描かれている構図をしばしば用いている。もっともハーディの風景描写は、初期の『緑樹の陰』のような写実的な田園風景から、『帰郷』（一八七八）のエグドン・ヒースの描写に代表される象徴的な風景、さらには、『森林地の人びと』（一八八七）における印象派の絵画手法に倣った描写に至るまで実に多様であり、このことは取りも直さず、彼の小説家としての関心のありようが、目に見える世界をありのままに写し取ることから、後期のJ・M・W・ターナー（一七七五―一八五一）の絵画に見られるように、「風景の下に横たわるより深い現実」[8] の表現へと傾斜を深めていったことを裏付けるものである。彼のこのような芸術観は、一八八七年一月の日記に垣間見ることができる。

「単に自然なもの」はもはやおもしろくない。私の関心をかきたてるには、大いに非難された、後期のターナーの狂気の表現が今や必要だ。物質的な事実にきわめて正確で忠実であるということは、芸術においてはすでに重要ではない。[9]

さらにその二年後、彼は、ロイヤル・アカデミーで見たターナーの水彩画について、「それぞれが風景プラス人間の魂である。……所詮、芸術とは虚偽のものによって、真実のものの効果をどのようにして生み出すかという秘密である、と言ってよいだろう」[10]と語っている。このようにハーディが、ターナーにしばしば言及していることは、古代ローマの抒情詩人ホラティウスの、「詩は絵のごとく」（ラテン語の Ut pictura poesis）という言葉にあるように、文学と美術が、ジャンルの違いこそあれ、姉妹芸術としての類似を有するからであり、ハーディがターナーから学ぶところが多かったことを物語っている。さらに彼が、春秋に富むロンドン修業時代に、ターナー擁護論を力強く展開したヴィクトリア時代の美術批評家ジョン・ラスキン（一八一九―一九〇〇）の『近代画家論』（一八四三―六〇）を熱心に読んでいることは注目してよいだろう。[11]

このように、ハーディの絵画芸術に対するきわめて強い関心や、建築家修業時代に培われた視覚による描出力の卓抜さは、彼の小説において多くの優れた風景描写を生み出すことになる。それゆえ風景は、ハーディ小説においてきわめて重要な要素の一つになっている。ところで彼の描く風景は、単なる地勢描写ではなく、作中人物と密接に結びついて物語展開と深く関わっているといえるのである。またハーディは、作中人物の心理や思考を、内的独白や対話、心理分析などの直接的方法ではなく、人物の内面世界の相関物を風景の中に求めるという間接的、暗示的方法をとることが多い。たとえば『ダーバヴィル家のテス』（一八九一）において、テスとエンジェルの恋が芽生え育まれてゆくトールボットヘイズと、エンジェルがブラジルへ去った後、テスが苦難の日々を送るフリントコム＝アッシュの二つの農場は、それぞれ豊饒と荒涼という対比的なイメージで語られ、彼女が置かれた各々の境遇における内面世界を色濃く反映するものとなっている。このように彼の風景描写の特質として、作中人物との密接な関係性をあげることができる。

さてハーディ小説における風景描写に関しては、従来、さまざまな観点から論じられてきた。たとえば技法という観点から取り上げたのは、デイヴィッド・セシルである。彼は、対象を視覚化するハーディの卓越した能力に触れ、「ハーディの創造力は、霊感を目に見える形に具象化することができるという点に、最も継続的かつ典型的に現れている」[12]と述べ、彼の手法を映画制作者のそれに喩えた。同じく映画との関連で言えば、デイヴィッド・ロッジは、ハーディ小説の冒頭にしばしば見られる、広大な風景の広がりの中に人間を一つの小さな点として描く方法は映画的手法だと語り、大自然の時空間における圧倒的なスケールの大きさの中に置かれた人間存在の矮小さの表現をそこに見た。[13]また、一九世紀のイングランド南西部の現実の地理と、作者の想像力が加わった小説世界の地理との関係を比較分析したものなど、[14]ハーディの風景描写を論じたものは多岐にわたるが、いずれも人と自然（あるいは風景、環境）という観点から論じている点で共通する。本書も同じく、ハーディ小説を人と風景の観点から捉えているが、それを作品全体のテーマとの関わりで論じようとする試みである。ここで取り上げたハーディの六大小説『狂乱の群れ』、『森林地』、『帰郷』、『カースタブリッジの町長』、

『テス』、『日陰者ジュード』について、以下の章で、順次、各作品に特徴的な風景描写がどのようにテーマと関わっているのかを見ていくことにしたい。

第一章 『狂乱の群れをはなれて』における主観と客観

一・ハーディのロマン派離れ

ハーディの自然に対する態度に関しては、一般にロマン派離れが言われている。[1] たとえば彼の詩「外なる自然に」では、若い頃思い描いたような、神の設計による自然の姿、つまり「愛のみがお前を造ったのだ」[2] と信じていた頃の自然の姿が、今やその輝きを失い色褪せてしまったのを嘆いている。また「森の中で」（一八八七、一八九六）では、都会生活に疲れ果て安らぎを求めて入った森の中で、木々が人間と同じく競争者としての姿を晒しているのを見て、自然界も生存競争の場にすぎないと知った失望感を歌っている。さらに「くすんだ色合い」（一八六七）では、灰色の落ち葉が散りしき、太陽が白々とした姿を見せている池の畔の冬景色は、愛の破局を迎えた二人とは無関係にそこにあるだけであり、自然の無意味化が指摘されている。[3] ハーディはロマン派詩人、とりわけパーシー・ビッシュ・シェリー（一七九二―一八二二）を敬愛するなど、ロマン派的心情に憧れる気持を持っていたが、[4] これらの詩を読むと、彼がもはやロマン派詩人のようには自然を見ることができない、つまり、空にかかる虹を見ても「心は躍る」[5]ことはなく、それは単に、「虹色がかった蒼穹」[6]という自然現象としてしか捉えることができなくなっていることは明らかである。

ヴィクトリア時代に提唱されたチャールズ・ライエル（一七九七—一八七五）の『地質学原理』（一八三〇—三三）やチャールズ・ダーウィン（一八〇九—八二）の『種の起源』（一八五九）などの宇宙の創生や生物の進化についての新しい自然科学の理論が、伝統的なキリスト教的世界観の根本を揺るがし、当時の知識人に大きな衝撃を与えたことは周知の事実である。そしてハーディ自ら、「若いころ、『種の起源』のもっとも早い称賛者の一人だった」[7]と告白していることは注目してよいであろう。

しかしながら『狂乱の群れをはなれて』（一八七四）には、一八世紀から一九世紀にかけて、ロマン派詩人によって多用された詩の修辞法である擬人法や自然物への感情移入の表現が散見されるのはどう考えればよいのだろう。またこのことは、作品全体とどう関わっているのだろうか。

二．ハーディとラスキン

序章で述べたようにハーディは、ロンドンの建築事務所に勤務していた一八六〇年代の前半に、ラスキンの『近代画家論』を読んでおり、[8]『トマス・ハーディの文学ノート』（一九八五）にはその抜粋が数カ所記されている。[9] また三人称で書かれた自伝『トマス・ハーディの生涯』の中でも幾度か彼に言及している。[10] 一方トム・ポーリンは、ハーディの、「ある情景の詩は、見るものの精神によって変わる。確かに情景に詩があるのでは断じてない」[11]という言葉に、ラスキンが「感傷的虚偽」について論じている『近代画家論』の名高い章（第三巻一二章）からの影響を認めている。[12] さらにJ・B・ブレンは、ハーディの絵画的イメージの使い方には『近代画家論』の影響が認められること、またラスキンの複眼的なものの見方、つまり視点が俯瞰的なものから突然急降下して地上物のクローズ・アップへと移行するさまは、スケールが小さいとはいえ、『狂乱の群れ』の一九章の羊洗いの池の場面描写に見られると述べ、ラスキンが、『ヴェニスの石』（一八五一―五三）の第二巻六章「ゴシックの本質」の中で、ゴシック様式の地理的ルーツを辿っている箇所との類似を指摘している。[13]

それではまず、『ヴェニスの石』におけるラスキンの描写を見てみよう。彼は、

アルプスには竜胆《リンドウ》が、アペニン（山脈）にはオリーヴが生育するのを知っているが、コウノトリとツバメが遠方からシロッコ（熱風）に身を委ねながら竜胆とオリーヴの生育地域の相違を見分けるように、鳥が渡りの途中で見る世界の表面の変化に富むモザイクを、私達は独力で十分に構想することはできない。[14]

と語った上で、われわれも鳥の飛翔の高さにまで、しばし、身を浮揚させて、眼下に広がるヨーロッパ大陸、つまり、地中海、山々の連なり、森林地、牧草地などのパノラマ的景観を想像してみようと言う。彼はそこから急降下して、地上の植物の生育地域、さらには動物の生育地帯がさまざまに変化してゆくさまを克明に追う。このように鳥瞰的視点から、地上物の細部描写という微視的視点へと急に移るさまは、『狂乱の群れ』では以下のようになっている。五月の終わり頃、牧場の中に作られた羊を洗う丸いレンガ作りの水槽は、

> 空を飛ぶ鳥には、青空をうつしているその鏡のような水の面は、数マイル四方から、緑色の顔にはめこんだ、ぎらぎら輝くサイクロプス（ギリシア神話に出てくる一つ目の巨人族）の目のようにみえたにちがいない。[15]

と描かれた後、視点はパノラマから直ちに、対象物に密着した、「肥えた湿土から、水分を吸い上げている、ほとりの草の活動は、ほとんど目にもみえるばかり」（一七六）という、地上物のミクロの世界の描写へと移行し、近くの放牧場に咲き乱れるキンポウゲやヒナギク、かげのように黙々と流れる川、その汀を縁取る葦や菅の描写へと続く。これらの例から明らかなように、確かにブレンの指摘通り、ハーディとラスキンの間には、複眼的なものの見方において類似が見出されよう。

このような例は、『町長』(一八八六) においても見出される。巨視的視点からの描写に関するものだが、『ヴェニスの石』の、「鳥が渡りの途中で見る世界の表面の変化に富むモザイク」という表現と、カースタブリッジの町の、「さらにより高く空に舞い上がる鳥たちにとって、カースタブリッジは、こんな晴れた夕暮れには、深緑の長方形に囲まれた、あわい赤と、茶と、灰色と、水晶色のモザイク模様のように見えた」[16] という描写の間には類縁性が認められる。

三. ラスキンの「感傷的虚偽」

「感傷的虚偽」という語句は、ラスキンが、『近代画家論』の中で、ロマン派詩人が自然物をあたかも人間と同じ感情を持つかのように扱うのを非難を込めて戒めた時に用いた表現である。その中で彼は、ある種の哲学者たちが、

青という語は、大空や竜胆の鐘状の花を見た時に人間の眼が受容する色彩の感じを意味する。……眼が対象に向けられた時にだけ、この感じがして、それゆえに、誰もそれを見る人がいない時は、その感じはその対象によって生み出されないから、それが見られない時は、その事物は青くない。[17]

と主張して、傲慢にも、「世界のあらゆるものは、それを人間が見たり考えたりしなければ、何も存在しない」[18]と極論するのに対して、ラスキンは異議を唱え、

竜胆は、あなたがそれを見なければ、青の感じを生み出さない。しかし、それはいつもその感じを出す能力を有する。竜胆の分子が造物主によって配合されているからである。それゆえ、哲学者がどう反論しようと、竜胆と空はいつも本当に青い。[19]

と鋭く論駁している。

次にラスキンは、事物の現れ方を二つ―通常の、そのもの固有の真実の現れ方と、われわれが情緒的になっている時の、途方もない虚偽的な現れ方―に分けた上で、後者を虚偽的だとするのは、詩人の主観的感情の興奮がそのような錯覚を起こさせるからであり、事物そのものの真の能力や特性とは無関係であるからだと論じている。

このことを例証するために、彼は、チャールズ・キングズリー（一八一九―七五）の『オールトン・ロック』（一八五〇）の中の一節、「彼らはうねる泡を横切って／残酷で這う泡を横切って／それ［船］を漕ぎ入れた」[20]を取り上げる。彼は、

泡は残酷ではないし、這いもしない。生きている生き物の特性を泡に帰す心的状態は、理性の蝶つがいが哀しみによって外された状態である。激しい感情はすべて同様な効果を生じる。そういう感情は、外的事物から受ける私達の印象のすべてを虚偽として、私達の内部に生じる。その虚偽を総括して「感傷的虚偽」と特に呼びたい。[21]

と述べて、このような表現が出てくるのは、波を見た人がその時の気持を波に投影しているからであり、このような表現は真実ではないと明言する。

さらに彼は、

文学であれ絵画であれ……近代の画家は、生命を持たないものにも自分が生きている人間として想像する何かを見出して表現しようとするのに対して、古代や中世の画家は、事物そのものの非想像的で実際的な特質の表現で満足する。[22]

と言って、ダンテ（一二六五―一三二一）がきわめて強い感情に襲われた時でも、自制心を失わなかったことを次のように論証する。

ダンテが、「枝から枯れ葉がひらひら落ちる」ように、霊がアケロンの堤から落ちると描写した時、彼は霊がとても軽くか弱く受動的であり、さらに、絶望の苦悶がばらばらに散っていく様を完全にイメージ化して、それでいて、こちらは霊魂で、あちらは枯葉という明瞭な知覚を一瞬たりとも失っていない。ダンテは両者を混同していない。[23]

ラスキンは、この「感傷的虚偽」によって激しい情緒を経験しつつも、完全に自己を抑制することができたホメーロスやダンテを一流の詩人として高く評価する一方で、「感傷的虚偽」の病的な過誤に陥ったロマン派詩人を二流の詩人と見なし、自らをこのグループの中に入れた。もっとも彼は、「感傷的虚偽」を全面的に否定しているわけではなく、感情的惑溺による不確かな言葉遣いが事物の本質から目をそらせることに警鐘を鳴らしているのである。

それではなぜラスキンは、詩人たちが外界の事物に生きたものの性質を読み込んでゆく傾向を、一つの過誤と見なしたのであろうか。彼は青年期においてはロマン派的な自然観を持っており、自らを「自然の司祭」と見なす点において、ウィリアム・ワーズワス（一七七〇―一八五〇）の後継者であった。[24] このように、彼が見た自然の世界は、彼のロマン派的ヴィジョンによって半ば色づけされていたがゆえに、過度の感情的惑溺を戒めることによって、自己の内なるロマン派的志向を規制しようとしたのである。[25] 換言すれば、ラスキンが自然の事物に対するとき、感情移入とその抑制という相反するベクトルが生じていると言えよう。もっとも現在では、「感傷的虚偽」という語句は、デイヴィッド・ロッジが小説の効果的な修辞法だと言うように、[26] 価値判断から独立して中立的に使われている。

四.『狂乱の群れ』の自然描写

さてハーディのテクストに戻ると、『狂乱の群れ』の二章冒頭は、一年中で一番昼の短い聖トマス祭前夜のノークームの丘一帯の風景描写で始まる。

丘の北側は、古くなって朽ちかけたぶな林でおおわれていた。そして、その梢は、空に向かって弓なりに張り出した丘のてっぺんに、ちょうど馬のたてがみのようなふち飾りをつけながら、丘を隈どっていた。その夜は、このぶな林が、はだをつんざく北風から南側の斜面を保護していたが、風は林をなぐりつけ、愚痴をこぼしながら樹の間をのた打ちまわり、あるいは、低く呻きながら、てっぺんの枝の上を押し渡った。（五七）

ここでは、突風が林の木々を「なぐりつけ」、林の中を「愚痴をこぼしながら」、「のた打ちまわり」、低く「呻きながら」梢の上を押し渡ってゆくというように、風が擬人化されていることに注目したい。ここから視点は、地上から天空へと移ってゆく。

このような晴れた真夜中に、ただ一人丘の上に立っていると、東へ東へと回ってゆく地球の自転が、ほとんど手に取るように感じられるのだ。その感覚は、二、三分間静止しているとみえてくる、無数の星の、地上の事物を越えてゆくパノラマのような運行がもとで起こるのかもしれない。あるいはまた、丘の上に立つと空間への見はらしがいっそうひらけてくるためか、風やあるいは孤独さのために起こるのかもしれない。しかし、原因が何であろうと、天体が運行しているという印象は鮮明であり永遠である。運行の詩というのはよく用いられる語句だが、その喜びを叙事詩の形で味わおうとするのなら、夜も一二時ごろ、丘の上に立たなければならない。そして、おれは、夢に包まれながらこのような時刻のいっさいのこうした運行を顧みない文明人の仲間とはちがうのだ、という感激でまず心がひらけてから、星の群れをかきわけて進む地球の威風堂々とした行進を、長く静かにみ守らなければならないのだ。このような夜の観察のあと、現実に帰って、あの厳かな運行の意識が、ちっぽけな人間のからだからでてくるのだ、と信ずるのは容易なことではない。(五八)

丘の上に立つこの人物は、地球の自転を手に取るように感じており、天体が運行しているという厳かな印象に打たれて、宇宙の広大さと荘厳さに圧倒されるとともに、この「厳かな運行の意識が、ちっぽけな人間のからだからでてくるのだ」と感じるほど宇宙との一体感を味わっている。このとき、突如としてフルートの音が聞こえてきて、丘の上の人物は牧場主ゲイブリエル・オウクであるとわかる。彼は羊のお産の世話をしており、オリオン座やカシオペア座、ペガサス座などの星の位置から夜の時刻を確かめると、「一時だな」とつぶやく。彼は満天の星を仰ぎながら、それらを素晴らしい「芸術作品」として鑑賞すると同時に、その高度によって時間を読むことのできる「重宝な機械」だとも考える。このことは、彼が宇宙との神秘的な一体感から客観的態度に戻っていることを示している。

さて農場主ウィリアム・ボールドウッドは、生真面目な中年の独身者であり、これまで女性には全く無関心であったが、女農場主バスシバ・エヴァディーンから、「私と結婚して」という封印の付いたヴァレンタイン・カードを受け取ると、これまでの落ち着きをすっかり失い激情の虜になる。なぜかというと、彼のこれまでの落ち着きは、「無数の互いに反発し合う力の完全な均衡――積極的な力と消極的な力との見事な調和」（一七二）から来るものであり、いったんその均衡が崩れると、彼は極端な行動へと突っ走るからである。要するに彼は、バスシバが戯れに送ったヴァレンタイン・カードによって、今までのバランス感覚を一気に喪失する。早春の頃、恋心に火をつけられた彼は、偶然彼女の姿を見かけると、声をかけようとする。その時の自然の世界は、彼は牧場の門に近づいた。その向こうの土地では、小川のせせらぎが美しい音楽を奏で、空には雲雀がさえずり、羊の群れの低い鳴き声が、それらにまじった。（一七三）

と描かれるように、それを眺めるボールドウッドの心象に染めあげられ歓喜に満ちあふれたものとなっている。このようにして謹厳居士ボールドウッドは、バスシバへの恋ゆえに、持ち前の威厳を失い理性をかなぐり捨てて空想的な情熱に身を委ねてゆくが、トロイ軍曹の突然の出現が彼の恋の行く手を阻む。その後まもなく、彼がトロイとバスシバの結婚を知り大きな衝撃を受けると、ウェザーベリーの丘や草原は、たちまち、「悲しみの野」へと一変する。このことから、自然の世界は、それを見る者の主観に彩られた風景として立ち現れていることがわかる。

興味深いことに、自然界の様相が時々の人間の精神状態を反映するというモティーフは、『テス』においても見出される。テスは、〈御猟場〉でアレックに凌辱された後、故郷に戻り世間体を憚って鬱々とした日々を送る。人目を避けて黄昏れてから散歩に出かけたテスは、「冬の小枝の固くるまった芽や樹皮の間でうなっている真夜中の微風、疾風」[27]を、自分に対するきびしい叱責の言葉として聞くのだが、この時の語り手のコメント、「世界は一つの心理的な現象に過ぎないのだし、そのように心に映ったのならば事実そうであったのだ」[28]は、ペニー・ブーメラが言うように、「感傷的虚偽の変奏」[29]である。もっとも語り手が、これは、「テスの情けない、間違った、空想の所産」だと言って、自然に意味を読み込んでいるテスの誤りを指摘することは、『テス』のテクスト内にも、自然に対する相反するスタンス、つまり主観的態度と客観的態度が併存することを示す。

さてバスシバは、恋人トロイと、結婚の約束違反を執拗に咎めるボールドウッドとの板挟みになってすっかり自制心を失う。ボールドウッドがトロイを罵って去った後、彼女は途方に暮れて道端に座り込み、荒れ模様の天候の兆しを見せる黄昏時の空を見上げて、「ものいわぬ星の嘆き」に目を凝らす。ここでは、彼女の懊悩する心が星に投影されているが、刈り入れ祝賀とトロイとの結婚披露を兼ねた宴がたけなわの頃、にわかに嵐が襲来すると、彼女はオウクと力を合わせて収穫したばかりの麦におを守る。この時のバスシバにとって、嵐は自然現象の一つにすぎない。彼女は星に自己を投影する一方で、苛酷な自然と闘わねばならないのである。

以上の例から、『狂乱の群れ』の作品世界で特徴的なのは、作中人物が自然物に感情移入する場合でも、すぐに客観的事実認識に立ち戻っていることである。言い換えれば、自然に対する主観的な見方は、客観的な見方によって直ちに中和されると言えよう。[30]

このように見るとハーディとラスキンは、自然物に対する感情移入とその抑制という心的態度を共有すると言える。もっとも二章で引用したハーディの、「ある情景の詩は、見るものの精神によって変わる。確かに情景に詩があるのでは断じてない」という言葉は、ポーリンが言うように、見る者の受け取る印象が真実であるかどうかを問題にしているというよりも、ある情景から受け取る印象は、見る者の精神状態に左右されるということに力点が置かれている。[31] それに対してラスキンは、感情的惑溺による不確かな言葉遣いは、事物の本質から目をそらせ、われわれを真実から遠ざけることになると戒めているのであるから、両者の強調点には、ずれがある。

五．「感傷的虚偽」――「見ること」と「解釈」

それでは「感傷的虚偽」は、『狂乱の群れ』の物語世界とどのように関わっているのだろうか。このことを考えるとき、以下の語り手の言葉は重要な手がかりになろう。それは作品の二章で、バスシバと叔母が小屋の中で子牛の世話をしているのを、オウクが小屋の屋根の孔からのぞき込む場面である。彼は二人の会話を聞いて娘の顔を見たいと思うのだが、彼女がオーバーをかぶっているのと、自分が高い所から見下しているのとで顔を見ることができないとわかり、細かい所は想像してみようとする。語り手の、

向かい合ってまじまじとみる場合でも、われわれは、内心の欲求に従って、目にみえるあらゆるものに、色をつけたりそれをかたどったりするものである。（六四）

という言葉は、世界はそれを見る者の主観の所産だということであるから、「感傷的虚偽」の変奏と言えよう。それでは、視覚が形づくる世界とそれをどう解釈するかという問題を、ヒロインのバスシバを中心に考えてみたい。

バスシバは、初めてオウクにプロポーズされたとき、自分は「男の方の持ちものみたいに思われたくない」と語り、「誰かあたしを引きまわしてくれる人がほしいの。……あなた、とてもそんながらじゃなくってよ」（八〇）と言うほど、勝ち気で自立心の強い女性である。だが穀物取引所で、美貌の女農場主として衆人の注目を浴びる中で、「教区で一番立派で重きをなす人物」であるボールドウッドに無視されると、彼女はプライドを大いに傷つけられ、ヴァレンタイン・カードを、相手がそれをどう受け止めるかということを考えずに送ってしまう。そして不幸なことに、この件でのバスシバの最大の誤算は、ボールドウッドが、表面の謹厳さとは裏腹に、いったん激情に駆られると、それを制御できない人物だと見抜けなかった点にある。彼女は、彼が、「私と結婚して」というカードの言葉を真に受けて自分に夢中になってくると、彼の激情に恐怖すら覚え彼を忌避するようになる。そこに突然、貴族の落胤という触れ込みの、手練手管に長けたトロイが現れる。

バスシバとトロイの最初の出会いは、彼女が夜、屋敷の見回りをしていた樅の林の中である。真っ暗闇の中で何かがバスシバのスカートの裾に絡まり、彼女は動けなくなる。このとき、がんどうちょうちんの明かりが、「真紅の服に金ボタンという華やかないでたち」のトロイの姿を照らし出す。二人がしゃがんでスカートの裾に絡まった拍車を外そうとすると、地面に置かれたがんどうの開いた戸から漏れた光が、下から二人の顔を照らし林の上半分に二人の大きなかげを映す。すると驚くべきことに、「その一つ一つの黒いかげは、木の幹にうつったままゆがみだし、かたちが崩れてきて、しまいにはすっかりわからなくなってしまった」(二一五)のである。この歪むかげのイメージは何を意味するのだろうか。

さらにこの出会いから数ヶ月後の真夏の夜、トロイは、西に傾いた太陽がまだ絢爛たる輝きを放っているシダの間の窪地に、バスシバを誘い出して剣の舞を披露する。トロイが彼女を前に立たせて稲妻のような見事な刀さばきを見せると、たちまち彼女は、まるで、「空いっぱいの流れ星がすぐ近くに降ってきたような、光芒と鋭い音にみちみちた天空」(二四〇)の中に封じこめられて目くらみ、ヒースの茂みの上に腰を落としてしまう。この剣の舞の後、彼女はトロイの抗しがたい魅力に屈して正常な判断力を失い、その欠点が、「女の目のとどかない奥底に横たわっており、その派手な点は、あからさまにうわべにでていた」(二四四)トロイの真の姿が見えなくなってしまう。このように見ると、樅の林の中のかげのゆらぎは、バスシバの視覚が捉えた世界がトロイの歪んだ像を結ぶことを予示的に示すものと考えられる。

またバスシバが、刈り込み慰労の晩餐会の席上で歌うバラッド「アラン河の土手の上」の一節、「わが妻になりたまえかし、と、ことば巧みの兵士は謂いぬ」（二〇八）も、ジーン・ブルックスが指摘するように、後にトロイが巧言を弄してバスシバの虚栄心をくすぐり彼女の心を虜にすることを、皮肉にも、予示するものとなっている。[32] じっさい語り手が、バスシバの性格を形づくるいろいろな要素の中には、「明らかに愚の要素がまざっている」と指摘するように、彼女が、トロイに関して、「自分で誤りだとわかっているおだて」にのることは、彼女が見る世界に歪みが生じる可能性が大きいことを示唆する。

これらのバスシバの例から明らかなように、われわれの視覚がいかに不完全で不確かなものであるかを、語り手は子牛の例を挙げて説明する。それは、バスシバと叔母が生まれたばかりの子牛の世話をしている場面で、子牛はものを見るという現象に慣れて間もないので、ぼんやりと二人の女を見たり、月と間違えてランタンの方へ時々首を曲げたりするのだが、「まちがえたのは、まだ生まれてまもなくで、本能が経験によって訂正されるひまがほとんどなかったからだ」（六三）と、語り手は子牛の視覚の未発達状態を説明する。

この子牛同様、トロイと知り合った頃のバスシバも、まだ人生経験が浅く、視覚が十分発達していなかったばかりか、ヴァレンタイン・カード事件が物語るように、勝ち気で虚栄心の強い女性であった。確かに男性に伍して農場経営に携わっているとはいえ、彼女の知る世間とは、毎日、農民が野良で働き家畜が群れる、「緑のじゅうたんのしきつめられた世間」、つまりウェザーベリーという狭い農村社会にすぎない。語り手は、勝ち気な女が自分の強さをなげうって恋をする時のもろさを指摘するとともに、バスシバがトロイの計略にたちまち嵌るのは、

こんな事件にはなれていないということである。彼女は、そのような状態を最大限に利用する修行など、一ぺんもつんだことはなかったのだった。なれていないということのために、弱さは二倍の弱さとなるのだ。(二四三)

と言って、彼女の経験不足を強調する。事実彼女は、上流社会も知らず、大金持ちだった叔父の遺産を相続する幸運に恵まれ、農場経営に乗り出したばかりの「田舎娘」であるから、行動の過ちを犯すことは無理からぬことかもしれない。そしてオウクが危惧の念を抱いたように、彼女は結婚後、農場経営における夫の無為無能ぶりに幻滅し、夫が彼女のお金を次々とギャンブルにつぎ込むことで一気に不満を募らせ、この「早まった結婚の結果として起こった後悔の場面」を演じることになる。さらに二人の関係が決定的になるのは、トロイのかつての恋人ファニー・ロビンが救貧院で子供を死産して亡くなり、母子の収まる柩がバスシバの屋敷に運ばれてきたとき、トロイが、柩を前にして、自分が本当に愛していたのはファニーだったと妻の面前で言い放った時である。この時バスシバは、トロイの実体を思い知る。

トロイが出奔して数年後、ボールドウッドは、バスシバのためにクリスマス・パーティを主催し、そこで結婚の約束を取り付けようとするが、失踪していたトロイが突然姿を見せたため、バスシバとの結婚の望みが断たれたと思って彼を撃つ。こうしてバスシバの虚栄心や気まぐれに起因するさまざまな出来事は、クリスマス・パーティでの悲劇的事件で一応収束に向かう。彼女は瀕死の夫を膝に抱いてオウクに事情を説明し、医者を呼んでくるよう指示する。この時語り手は、

彼女が、このように落ち着いた調子で、簡潔に事件を説明したのは、悲劇的な絶叫にもまして、人の心に迫り、どういうわけか、居合わせた一人一人の心の中のゆがんだ映像のピントを、きちっと合わせるような力をもっていた。(四四一)

と光学のメタファーを用いて、彼女の視覚のこれまでの誤謬と不備が、数々の試練に直面することによって次第に矯正されてゆき、他の人たちの視覚を調整できるまでになっていることを明らかにする。

さらに、視覚に十分な信頼性が与えられていないのは、一つには、多くのエピソードが黄昏時や夜間に起こるからであろう。当然のことながら、見るためには光が必要であるから、視界が定かでない状況では外部世界の把握が十分できず、人は判断を誤りがちである。たとえばトロイの拍車が、バスシバのスカートの裾に絡まった樅の林は、真夜中ともなれば、「それこそエジプトにふりかかった九

番目の天罰」[33]と同じく、漆黒の闇に包まれる。バスシバが、がんどうの明かりが照らし出した華やかないでたちの軍人を見て、「魔法の早変わり」に会ったと思うのは、自分の視覚を信じることができないからである。そして驚く彼女に、トロイが、初対面にもかかわらず、「きれいなお嬢さん」、「美しいお嬢さん」とお世辞を連発したことは、彼女が帰宅したとき、「彼のさっきのぶしつけな賞め言葉を、もう侮辱だとは思っていなかった」（二一八）ほど、彼女の虚栄心をくすぐったのである。また彼女が、バースに滞在するトロイのもとへ馬を走らせるのは、ウェザーベリーの村が、「墓場のまん中のように静まりかえり、生きている人たちも、ほとんど死人のように静かに眠って」（二六五）いる真夜中である。彼女は、トロイとの婚約を取りやめるために出かけたにもかかわらず、ウェザーベリーに戻ってきた時には、驚くべきことに、トロイと結婚しているのである。

もっとも『狂乱の群れ』において、人の目をくらませ正常な判断力を奪うのは、暗闇ばかりでなく強烈な光も同様であることは、シダの間の窪地での剣の舞のエピソードで見た通りである。

このように考えると、透徹した洞察力を持ち、正しい現実認識ができるのはオウクではないだろうか。彼は、「いろいろなことのまん中に立ちながら、その中にある自分の立場をひいきめにみるようなことはせずに、ひろく周囲の事情を静観する」（三五五）ことができる人物である。たとえば彼は、バスシバとは雇い主と使用人という一定の距離を置いた関係の中で、女主人が、尊敬はしているが好きではないと言っているボールドウッドに対して、彼の気を引くような態度をとることをいさめる。

またオウクは、自分が人間として信用できないと考えるトロイについても、彼との交際をやめるよう彼女の説得に当たるなど、公平無私の態度で客観的判断を下すのである。バスシバは、このようなオウクの、「鉱石に含まれた金属」のように地味な長所に、長い間、気付かずにいたが、さまざまな辛い経験を積み、数々の危機的場面で彼に助けられて、ようやく彼の人間的真価を認めるようになる。

ところで、バスシバとオウクが視覚のフィルターを通してそれぞれ捉える世界像のことを考えると、二章で見たラスキンの「感傷的虚偽」についての議論における事物の二つの現れ方は、まさにバスシバとオウクのそれぞれの世界像であることに気付かされる。つまりラスキンが、事物の現れ方の第二としてあげた、われわれが情緒的になっている時の、途方もない虚偽的な現れ方は、思慮分別よりも感情に導かれて、「結果を綿密に注意深く研究することによって、感情を抑制しよう」(二四四)とはせずに衝動に走った結果、トロイの真の姿を見誤ることになるバスシバの場合に相当しよう。一方オウクは、バスシバを初めて見たとき、「みえっぱり」な女だと思うが、彼女に求婚を断られた後、彼女の農場の管理人という一定の距離を保った立場から、彼女を理想化することなく、ありのままの姿で見る。要するに彼は、感情の抑制が働いて主観の歪みがないゆえにこそ、彼女の真実の姿を捉えることができるのである。したがって彼の場合は、ラスキンが第一にあげた、事物の真実の現れ方に相当しよう。つまりこの作品においては、主観と客観という対極にある二つのスタンスの併存は、自然描写のみならず、主要人物の心の動きや人間への対応の仕方にも認められるのである。

すでに述べたようにハーディは、ラスキン同様、自己内部にロマン派的心情を蔵しながらも、時代の思想風土ゆえに、自己規制を行わざるをえなかった。そのため、自然の事物に感情移入しようとする瞬間に強い抑制が働いて、客観的事実認識によって自然界を見ようとする態度に引き戻されるのである。そしてこのことは、『狂乱の群れ』の風景描写に擬人法や感情移入の表現が用いられる場合でも、一体感と距離感がほぼ同時に示されることで中和されることに証されている。この点において、ハーディとラスキンには相通じるものがある。

さらに、バスシバの主観に彩られ歪みが生じやすい世界像と、オウクの客観的で公正な世界像は、ラスキンの「感傷的虚偽」についての議論における事物の二つの現れ方とみごとに重なっている。このように見ると『狂乱の群れ』は、ラスキンの議論を下敷きにした小説としても読めるのである。

トロイとオウクが体現する都会的価値と田園的価値の対立の問題は、次章の『森林地』に引き継がれて探求されるが、そこではより悲劇的な色彩を帯びているのは否めない。それは、田園世界が大きく様相を変えているからである。そしてこのことには、農村社会が直面する近代化という外的要因のみならず、内的要因も絡んでいるように思われる。次の作品では、外的・内的両面から考えてみたい。

第二章　『森林地の人びと』の田園世界が孕むもの

一・田園世界の変容

ハーディの『緑樹の陰』、『狂乱の群れ』、『森林地の人びと』（一八八七）の三作品は、パストラル的小説としてこれまで比較検討して論じられることが多かった。『緑樹の陰』は、当時の著名な批評家であり、『コーンヒル・マガジン』の編集長でもあったレズリー・スティーヴンが、ハーディの作家としての将来性を認めた作品であり、彼の執筆依頼に応えて同じ田園物として次に書いた『狂乱の群れ』は、ハーディの出世作となった。このように初期の二作は、相次いで執筆された経緯から明らかなように、パストラル的物語としての連続性を示している。その一つとして、ヒロインの田園回帰が挙げられる。『緑樹の陰』では、都会で教育を受け教師としてメルストック村に帰郷したヒロインが夫を選ぶとき、都会的価値と田園的価値の間で揺れるものの、最終的には田園人との結婚を選ぶことになるし、『狂乱の群れ』のヒロインは、都会的魅力を持つ軍曹との結婚生活が破綻した後、田園人と結ばれるからである。

ところが『森林地』は、『狂乱の群れ』から十数年後に執筆された作品であり、その間、敵意ある環境が人間の幸せを阻んでいるのではないかというハーディの悲観的なものの見方は、『帰郷』や『町長』などの悲劇的作品の執筆を通して、一層揺るぎないものになっていった。[1] このことが特に顕著であるのは、「自然」の提示方法である。たとえば『緑樹の陰』では、冒頭の、「森に住む人々にとっては、ほとんどすべての樹々が、それぞれの種類によって、姿ばかりではなく声を持っているのである」[2] という叙述に典型的に示されるように、牧歌的雰囲気が全編を包んでいる。また『狂乱の群れ』における六月の羊毛刈りの季節には、「すべての緑はみずみずしく、葉の気孔という気孔はみんな開き、茎という茎は、脈々ときそって流れる樹液のためにふくらんでいた」[3] と生き生きとした躍動感あふれる自然が描かれる一方、麦の刈り入れ時には、自然が暴威を振るうように、自然は両義的に描かれる。

ところが『森林地』に至ると、物語の主舞台の一つとなるヒントックの森は、驚くべきことに、次のように描かれる。

こうした古木の股に溜まった水は、雨の日にあふれ出ると緑の滝となって幹を流れ落ちる。さらに古い木には、菌類の大きな列片が肺のように生えていた。どの場所でもそうなのだが、こうした森の中であっても、都市のスラム街の堕落した群衆に認められるのと同様に、生を現状のようにしからしめる「果たされざる意志」を、明瞭に見て取ることができた。葉は変形し、曲線は歪み、先端は妨げられる。地衣は幹の活力を蝕み、蔦は絡みついては、成長しようとする若木をゆっくりと死に至らしめるのだ。[4]

この森に見られる自然の営為には、人間世界同様、弱肉強食の法則が支配しており、そこはダーウィン的な生存競争の場として描かれている。

また田園人像の著しい変貌にも、驚きを禁じ得ない。『森林地』に登場する村の若い自作農ジャイルズ・ウィンターボーンは、仕事の有能さや自然との交感については、『緑樹の陰』のディックや『狂乱の群れ』のオウク同様、しばしば賞賛されるが、世渡りの不器用さ、物事に対する無頓着、積極性の無さなどが、さまざまなエピソードを通して明らかになり、彼の全体像は、理想的田園人オウクと違って、肯定的評価を受けていないのである。

さらに農村共同体が果たす役割についても、メリン・ウィリアムズが指摘するように、『森林地』では、初期の作品に見られる民衆の反抗的エネルギーが次第に失われてゆき、彼らが、搾取する側に対して、消極的かつ受動的であることは、農村共同体の弱体化を強く印象づける。[5] ところが『町長』では、民衆の反抗的エネルギーは、「お馬なぶり」（不義を犯した男女に似せた人形を馬に乗せて町を練り歩き、当事者の家の前で囃したてる風習）で発揮され、社会の最下層に位置する人々が、町の有力者の性的逸脱に制裁を加えるほどの力を見せる。しかし『森林地』においては、もはやそのような逞しいエネルギーは失せており、ジャイルズが終身借地権の保留の嘆願を領主未亡人チャーモンド夫人に拒否されても、村人たちは彼女を悪魔呼ばわりするだけであったり、村の若者ティムが、自分の恋人を誘惑した医者のフィッツピアーズを懲らしめるために、人捕り罠を仕掛けるくらいなのである。

このようにここに挙げた三作品は、パストラル的小説の系譜に連なる点では共通するが、初期の二作と比べて『森林地』では、自然描写や田園人像、また共同体が担う役割、さらにはヒロインの田園世界からの脱出に見られるように、田園世界の変容は目を疑うほどである。

R・P・ドレイパーは、ハーディは、『森林地』を執筆する頃には、田園世界が外からの脅威に対抗しうるほど堅固であるとの確信を失っていたのではないかと語り、[6] ジョン・ホロウェイも、後期作品が、新旧の交代は時代の流れだというだけではなく、必然的にそうならざるを得ないものを農村社会が孕んでいる、つまり古い秩序は、新しい生活様式に対抗しうるほど堅固なものではなく、「内なる欠陥」ゆえに、近代化の波に洗われるとき、無力でさえあることを暗示すると述べている。[7] それでは、伝統的な農村社会が孕む、この「内なる欠陥」とは何を指すのだろうか。

二．リトル・ヒントックの特徴

ジャイルズは、村の裕福な材木商メルベリー一家をクリスマス・パーティに招いて、都会仕込みの教育を受けて帰郷した、幼馴染みのグレイスとの婚約を推し進めるはずであったが、生来の内気さゆえに、パーティの開始時間を伝えなかったため、パーティの準備中に彼らが到着するという無様な事態となり、そのため数々の不手際が生じる。彼は、この最初の躓きを悔やむあまり、最後まで気を取り直すことができない。結局パーティは不首尾に終り、ジャイルズは状況判断の甘さや手際の悪さを露呈して、メルベリーの自分に対する評価を著しく落とすことになる。

このパーティを契機にして材木商は、無骨者のジャイルズに、洗練されて戻って来た一人娘を嫁がせるのが次第に惜しくなり、娘に彼と会うことを禁じる。一方、自分の年齢と同じくらい古い、家の前にある高い楡の木が倒れてきて自分は死ぬという妄想に取り憑かれた貧しい小作人ジョン・サウスが、その恐怖をジャイルズに訴えたので、彼がその木の枝を払っていると、たまたま木の下を通りかかったグレイスが、ためらいがちに、幼い頃からの結婚の約束を反故にしたいと言う。しかしジャイルズは、グレイスの本心を読み取れず、木から降りてこない。語り手の、

もしジャイルズが、じっとしていないで、即座に木から彼女のもとに降りて来たとしたら、グレイスは、自ら変更できないと彼に言った、父親に従順な考え方を続けることができたであろうか。（九四）

という言葉は、彼が行動を起こしていれば、事態打開の可能性があったことを物語っていよう。しかし彼は動かず、グレイスはその場を去る。この時のグレイスとの感情の行き違いが尾を引いていたので、ジャイルズは翌日、自分の荷馬車がチャーモンド夫人の馬車と出くわしたとき、道を譲らないという頑な態度をとる。

一方サウスが死ぬと、サウス家と縁続きのジャイルズも家を失う旨を記した契約書は、サウスが死ぬ前に若干の金額を払えば居住期間を延長できるという内容の手紙とともに、ジャイルズの父の死後、放置されていた。馬車事件の後、ジャイルズがそれを探し出して読む場面は、「彼はすぐこの問題に着手しようと決心した。証書の更新に必要な負担金は、容易に工面できる額だった。しかし、彼の計画は、一日では実行できなかった」（九九）と語られる。したがって彼は、一日延ばしに延ばし、メルベリーに強く説得されてようやく借地権の保留の嘆願に出かけるが、馬車事件でチャーモンド夫人の心証を害していたので、嘆願は功を奏しない。この一連のエピソードが明らかにするのは、彼の怠慢と積極性の無さが事態の悪化を招いたということである。このようにジャイルズは、人生の大事な局面で、優柔不断ゆえに行動を起こすことができず、その結果、傷口を広げてゆき、ますます窮地に追い込まれるのである。

ところがジャイルズとは対照的に、『狂乱の群れ』のオウクは、事故で二〇〇頭の羊を失うと、羊に保険をかけていなかったため零落するものの、結婚していない身を不幸中の幸いだと考えるなど、逆境にあっても常に前向きに考えるので絶望からの立ち直りが早い。また、バスシバの農場での麦におの火事、羊の病気、嵐の襲来など数々の危機に際して、事態の悪化を防ぎ被害を最小限に食い止める。[8] 要するに彼は、状況判断が的確で臨機応変に難局に対処できる人物なのである。またバスシバを初めて見たとき、「みえっぱり」だと思うが、そのような彼女の欠点を認めた上で愛するようになる。つまり彼は、物事の欠陥を過大視しない。このような彼のものの考え方や生き方は、コップに「ごみがついとっても、きれいで性の知れたごみなら平気だ」[9] という彼の言葉に集約されていよう。このように田園人像が、オウクからジャイルズに至ると、質的変化を伴って大きく変貌していることに驚きを隠せないのである。

それでは、ジャイルズの仕事と生活の場であるリトル・ヒントックとは、どのような村なのだろう。

この自足した土地から、ひっそりとした静寂の中、幾筋かの煙が昇っていた。想像力を働かせれば、その煙の下方にハムやベーコンが頭上に吊るされた静かな暖炉を見ることができただろう。ここは、世間の門の外側にある隔絶した場所のひとつだった。こういった所では、通常、行動よりも瞑想が、瞑想よりも懈怠が多く見られ、思考は狭隘な前提からなされ、ひどく空想的な推論に終わる。しかし、激しい感情が集中し、それぞれの人生が緊密に絡み合っているため、真にソフォクレス風の壮大さと統一をもったドラマが、ときおり現実に演じられることになるのだ。(八)

この一節から、この「自足」した村では、村人たちは「緊密に絡み合って」生活しており、行動よりも懈怠が見出されることがわかる。まず村の主産業である林業とリンゴ酒造りが、まわりの果樹園や森林地帯に資源依存していることは、村の経済機構が「自足」的だということである。また結婚に関しても、

こうした人里離れた村にあっては、住民間での相互結婚の頻度はハプスブルク家と同等になるのが通例であり、リトル・ヒントックにおいても、なんらかの結婚によって関係していない家は二軒となかった。(二五)

と語られるように、人間関係においても「自足」の観を呈している。

数ヶ月前にこの寒村に移り住んだ若い医者フィッツピアーズは、「鑑賞力に富み、現代的で非現実的」な精神ゆえに、抽象哲学に打ちこんでいたが、文明社会から隔絶したリトル・ヒントックを、周りの誰も自分のことを理解してくれず、自分の値打ちもわかってくれない「惨めでちっぽけな世界」だと感じており、「憂鬱になって気が狂いそうだ」とこぼす。またヒントック屋敷に住むが、土地の人間ではないチャーモンド夫人は、「ヒントックには、抑え切れなくなるまで感情を溜め込んでしまうと

いった、奇妙な効果があります」(一九〇)と、その閉塞感を訴え、度々外国へ逃げ出す。このようにアウトサイダーにとって、リトル・ヒントックの後進性、閉塞感は耐え難いものになっている。

さらに田園社会特有の、変わらぬ日常が坦々と過ぎてゆくさまは、以下のように描かれる。

一日一日と、過ぎて行った。この一年でも仕事が少ない季節に、メルベリーの敷地で鋸を引き、木を削り、南京鉋を掛ける森の男が一人か二人、いつも決まって朝にやって来ては鍵を開け、宵には鍵を掛けて、夕飯を食らい、庭の木戸にもたれて夜の空気を吸い、外の世界からの噂話の最新にして最後の波を捕まえようとした。波のうねりが、湾の一番内側の入江の最奥の洞窟で消えてなくなるように、噂の波は、リトル・ヒントックに入って来て、そこで消滅するのだった。

(一七一)

外部世界からこの村に入るニュースを特徴づける、「最後の」、「一番内側の」、「最奥の」という「袋小路」のイメージは、村に漂う沈滞感や閉塞感を暗示する。

次に、この村に見られる「緊密に絡み合った」関係とはどのようなものか。サウスの娘マーティは、町の床屋パーコムが彼女に見事な髪を売るようにと迫るのを一度は断るが、ふと耳にしたメルベリー夫妻の立ち話から、自分が思いを寄せるジャイルズが、グレイスの結婚相手と考えられていることを知り、身を引く決心をして自ら髪を切る。ところが、彼女の髪から作ったチャーモンド夫人の鬘は、フィッツピアーズを誘惑する手段となって、グレイスから夫を奪うが、夫人の頭髪が鬘であることを暴露したマーティの手紙は、次に夫人とフィッツピアーズの仲を裂く。その結果、フィッツピアーズを妻グレイスのもとに戻すことになる。このように彼女の髪は、「緊密に絡み合った」ヒントックの人間関係を浮き彫りにする。

同様のことは、楡の木についても言うことができよう。サウスは、チャーモンド夫人に所有権がある、自分の家の前の楡の木が切り倒されることによってショック死するが、彼の死によって、ジャイルズは家を失い、その結果、グレイスも失うことになるからである。このようにこの村では、人間と木と家が、運命共同体のように分かち難く結びついている。

さらにリトル・ヒントックの、行動よりも懈怠が見出されるというエートスは、世襲借地権から終身借地権への変更の際、ジャイルズの父がサウスの死後の保証を得ないままにしておいた懈怠、そして父の手抜かりに気付いても、直ちに借地権の契約更新の手続きに踏み切らないジャイルズの懈怠に具現している。このように決心したことをすぐさま行動に移さない懈怠は、楡の木が自分の生命を脅かすほどの大木になるまで放置していたサウスについても言える。以下の彼の話はそれを雄弁に物語る。

「ああ、あれがほんの小さな木で、わしも子供だったころ、わしはあの木をいつか鎌で切って、物干綱の支え棒を作ってやろうと思ってたんだ。だが、わしはそれを先延ばしにして、切らなかった。それでとうとうあれは、大きくなりすぎて、今ではわしの敵で、いずれわしを死なせることになる」（九二）

楡の木が彼の命取りになるのは、まさにこの懈怠ゆえである。これらの例が明らかにするのは、リトル・ヒントックのエートスともいうべき懈怠が、数々の重大な結果を将来することである。

三．田園と都会の対比

リトル・ヒントックは、グレイスが、「世界の歴史を二世紀ばかり戻った」ように感じるほど、時間が停止してしまった感がある土地柄だが、ここにも近代化の波が押し寄せてきている。このことは、家に死人があった場合に備えて棺桶の置台を持っている習慣が、時代の変化に伴って途絶えた結果、マーティの家に見られるように、置台が他用に供されていることや、ジャイルズの森の小屋が、「以前、まだ田舎の家で木炭が用いられていたころ、炭焼人の住居として使われていた」（三〇〇）ことに窺える。

町からこの村にやって来る三人のアウトサイダーは、いずれも得体の知れない悪魔的な人物として描かれている。マーティの豊かな髪を奪おうと、お金で釣るパーコムは、「ファウスト博士を誘惑する悪魔」であり、チャーモンド夫人はジャイルズを家無しにした「悪魔」であり、フィッツピアーズは「悪魔に魂を売った」医者である。彼らの暮しぶりも尋常でない。「自然の外観上の変化から、一日の時間の推移を知らねばならない」(一〇六)、この原始のままの村で、真夜中の山腹に一つだけ異様に光るフィッツピアーズの家の明かりや、地主でありながら村人の生活に全く関心を示さず、昼間でもカーテンを堅く閉ざしたチャーモンド夫人の邸宅は、周囲の世界とは相容れない異質な存在であり、彼らが田園世界との絆を欠くことを物語る。さらに興味深いことに、これらの都会人に共通するのは、森に対する態度である。チャーモンド夫人は、「ブナと樫の区別もろくにつかず」、森で居心地の悪さを感じるため森を嫌っており、また医者も、「最近まで都会に住んでいたので、誰もいない深夜の森林地は嫌いだった」(一一三)と語られる。このような居心地の悪さは、彼らがまわりの自然との共感を欠くために他ならない。

彼らときわめて対照的に、自然と一体となって生きるジャイルズとマーティは、「森が持つ深奥なる秘密をごく常識的な知識として保持し、その象形文字をごくふつうの文字を読むように読み解くことができた」(三三〇—三三一)。二人が苗木を植える場面を引いてみよう。

彼には、木を成長させるすばらしい能力があった。地面を実になにげなく掘っているように見えるのだが、彼と樅、樫、樺の間にはある種の共感が存在しており、そのため、わずか二、三日で根がしっかりと大地を捉えることになった。（六三）

ここには、自然との共生におけるジャイルズの田園人としての有能さが示されており、彼は、まるで「魔術師」のように、扱う苗木すべてに生命を吹き込むことができるのである。

このリトル・ヒントックの田園社会で生まれ育ったグレイスは、都会で教育を受け帰郷するが、寄宿学校で中産階級の価値観を身につけた結果、この田園世界に対する知識も興味もすっかり失せている。このことは彼女が、馬車で迎えに来たジャイルズと故郷に向かう途中、村の変化に少しも気付かず、ひと頃は知り抜いていた、リンゴのビター・スウィート種とジョン種の区別すらできなくなっていることに明確に示されている。教育の結果、めざましい変貌を遂げた彼女は、リトル・ヒントックに対して誤った優越感を抱き体面ばかりを気にする娘になっている。それゆえ彼女は、ジャイルズの純朴さや自分に対する変わらぬ思いを知りつつも、都会的センスを身につけた貴族の末裔フィッツピアーズの才知や、チャーモンド夫人の洗練された趣味に眩惑される。このような二面性、つまり、「現代的な神経と原始的な感情」とを併せ持つグレイスは、フィッツピアーズとジャイルズの間で激しく揺れる。

もっともグレイスの、「上流の学校で身につけた人為的な見せ掛け」の下には、田園人としての本質が隠されていて、彼女は、この近代的なものと原始的なものの併存のために感情を二つに引き裂かれて内的葛藤に苦しむのであるが、都会的なものへの強い憧れと、結婚による階級的上昇を狙う父の野心に後押しされて、フィッツピアーズとの結婚に踏み切る。しかし結婚後、夫の背信を知ったとき、彼女は初めてジャイルズの人間的真価に気付く。その彼女の覚醒の瞬間は、こう語られる。

ジャイルズの素朴さは、もはや上品な趣味を害することはなかった。いわゆる教養が人よりやや欠けることは、もう彼女の知性に障ることはなかった。彼の田舎の服装は、彼女の目を楽しませさえしたし、外見の無骨さには魅了された。結婚したことで、人間として卑しむべきことの多くが、類稀なる学識と両立し得ることがわかった。そのため、今では、以前に賞賛してやまなかったこうしたすべてのことに対し、感情的に反発を覚えるようになった。グレイスにとって、誠実、善良、雄々しさ、優しさ、深い愛情が、純粋に存在するのは、飾らない男の胸の中であった。そして、それらを若いころからずっと彼女に示してきた男が、ここにいるのだ。（二一九）

このとき彼女に価値転換が起こる。ジャイルズが体現する「飾られていない自然」が、フィッツピアーズやチャーモンド夫人の教養や知性と対比されるとき、彼女は、教養や知性が人間としての立派さとは無縁のものだと悟る。

一方彼女の父は、娘に多大の教育投資をする俗物であり野心家であるが、倫理を弁えた人間である。娘婿の裏切りを知った時の彼の思いは、

フィッツピアーズが、わずかな時間であれ、グレイス以外の女性に目を奪われたことは、メルベリーには残念でもあり、驚きでもあった。彼が送っている素朴な生活では、結婚後に夫が浮気をするということは、およそ思いもつかないことだった。フィッツピアーズが、チャーモンド夫人の高みにまで到達できたことは、いわばイシスのヴェイルを上げたようなもので、夫人の方からの誘いを疑ってみなければ、その厚かましさにメルベリーは大いに驚いたことだろう。(二一四)

と語られる。女性の豊饒性のシンボルであるイシスのヴェイルを上げるフィッツピアーズの大胆さと、彼を唆すチャーモンド夫人の手管には、「メルベリーが賛美する階級のエートスは性的放縦のコードを含む」[10]ことが示唆されており、それが田園社会で長く暮らしてきた彼の素朴な倫理感と対比される。さらにフィッツピアーズは、チャーモンド夫人だけでなく、ティムの恋人スークとも関係を持つことから明らかなように、彼の愛情は「分裂や転移に耐え得る」のであり、道徳的に曖昧な人物だと言える。

メルベリーは、これらの洗練された都会人に立ち向かおうとするとき、素朴な田園人の劣勢を強く

意識せずにはいられない。

洗練され、世間の営みに精通し、勝利のためにあらゆる道具で武装した、あのふたりの恋情に対抗するために、純朴なグレイスと自分に一体何ができるのだろうか。こうした戦いにあって、素朴な材木商のメルベリーは、精確な近代的兵器に対し、弓と矢で立ち向かう野蛮人のような無力感を味わった。（二一四）

ここで注目すべきは、階級の上下が倫理感と逆比例していることである。倫理感に乏しい都会の知識人が、素朴な田園社会をかく乱するという構図が浮き彫りになる。そしてジャイルズが、メルベリー親子同様、フィッツピアーズにグレイスを奪われ、チャーモンド夫人に家を奪われ、都会人相手に非力を晒すのは、まさにこの構図の再現なのである。

ところで娘婿の裏切りを知ったメルベリーは、娘の離婚を画策すると同時に、娘にジャイルズの気持ちを引き留めておくようにと忠告する。こうして二人は交際を再開するが、ある日ジャイルズは、食事をとるためにグレイスを案内した店が、上品な趣味を持つ彼女にはふさわしくなかったと気付いたとき、たとえ彼女が自由の身になっても、洗練された彼女と粗野な自分とでは一緒になっても幸福にはなれないだろうと悲観的に考えるばかりで、グレイスを是非とも奪い返そうとする気概を見せない。

彼は融通がきく方ではなく、楽観的な人とは違い、一度頂上まで上昇した後に衰退した希望や確信が、彼の胸の内で、また同じように上昇するというようなことはなかった。(二八六―八七)

と語られるように、彼は最初の求婚に失敗しているので、グレイスの離婚が可能かもしれないという新しい局面に立たされても、二度目の求婚のチャンスを生かすために、積極的行動に出ないばかりか、彼女を避けさえするのである。このような彼の不甲斐なさは、グレイスが楡の木の枝を払っているジャイルズに声をかけたのに、彼は地上に降りてこないばかりか、「どんどん空へと登って行き、ますます地上の世界との交流から自らを断ち切っていった」(九三) 場面で見た通りである。

このように『森林地』の田園世界では、田園人の非力さは目を覆うばかりであり、彼らが都会人に対して全くなす術もないことは歴然としている。

四. ジャイルズが体現するもの

テクストの中で、ジャイルズと木を同一視する言説が繰り返されることはわれわれの注意を強く引くが、それは一体、何を意味するのだろう。たとえばジャイルズが、シャートン・アバスの市場に広告用の見本の林檎の木を持って行く仕事のかたわら、都会の寄宿学校から戻るグレイスを出迎える場面を見てみよう。ジャイルズは、市場の真ん中で、林檎の木を旗のように立てて持つが、その枝が、そばにいる百姓たちの頭上に垂れて、「街の中心にりんご畑の楽しげな雰囲気を持ち込んでいた」(三六)ことは、彼が林檎の木と同一視されていることを暗示する。また、夫との離婚話の心労から床につくグレイスの記憶に、ジャイルズが、「果実神として、あるいは森林神として」蘇ってくることや、ジャイルズが、「果実と花自体の言葉」で話すことができることは、彼と木との同一視を一層疑い得ないものにする。これらのことが象徴的に示すのは、彼が、林業とリンゴ酒造りが盛んなこの田園社会を体現する人物だということである。

そのジャイルズの死は何を示唆するのか。グレイスは、夫がチャーモンド夫人と大陸へ駆け落ちするものの、夫人と別れた後、再び村に戻ってくるという噂を耳にして、ジャイルズの助けを求めるために森の中の小屋を訪れる。ジャイルズは、同室を避けるため、外の粗末な薪小屋で数日間過ごし、病後の身体を風雨に晒して病状を悪化させて亡くなる。この自己犠牲による彼の死に至るまでのエピソードを巡っては、従来、多くの評者がその不自然さを認める点では一致している。たとえばマイケル・ミルゲイトは、彼の自己犠牲は、「行き過ぎであり、あまりにも体面にこだわりすぎて、滑稽でさえあり、グレイスは最終的にはフィッツピアーズと縒りを戻すのであるから無駄死にになる、とこれまでしばしば見なされてきた」[11]と述べている。一方アーヴィング・ハウは、ジャイルズがグレイスの名誉を守るために自分の小屋を譲り渡し、自分は戸外の雨に打たれて横たわる場面を、「ばかばかしいほどだ」[12]と、彼の極端な騎士道精神を痛罵する。もっともこの場面の不自然さを際立たせないよう作者の配慮が働いていることは、グレイスが言い訳がましい言葉を並べ立てることに窺えよう。たとえばジャイルズが、グレイスを小屋の中に入れ、自分は近くの粗末な小屋に移った後、彼女は、

一度か二度、木立の中で、咳に似たかすかな音が聞こえたような気がした。しかし、それ以上近づいて来なかったので、グレイスは栗鼠か鳥だろうと思った。(三〇六)

と語られる。またジャイルズが、外から小屋の窓を叩くと、彼女はすぐ窓をあけて手を差し伸べる。彼がその手を握ると、彼女は掌の熱と震えに気付くが、「早くここに来ようとして、急いで歩いて来たのだわ」と思うのである。確かにこの場面の不自然さについては、異論の余地がないであろうが、次のことにも留意すべきであろう。つまりジャイルズは、グレイスの離婚話が進行中に、彼女を思わず抱きしめてしまったことを悔いるあまり、彼女が夫から逃れるため、彼を頼って森の小屋に来たとき、自分はこの世で彼女が絶大な信頼を置くただ一人の人間だとの自負ゆえに、少なくも今は彼女の信頼に応えようと心を決め、愚直なまでに犠牲的精神を発揮するのである。

いずれにしても作者が、不自然さを承知の上で、あえてジャイルズに自己犠牲の死を求めるのは、プロットの必然性によるものではないか。彼は田園的価値を体現し、リトル・ヒントックのエートスを具現し、この田園社会の象徴とも言える人物である。その彼の死を、ロバート・クリードルが、共同体の代弁者として、悼む言葉は示唆的である。[13]

「ああ、わしはテーブルぐらい背丈の時分から、うちの旦那を知っている。旦那のおやじさんも知っているよ――死ぬ前には、杖を二本ついて、昼間はここいら、歩き回っていたもんだ――そして、一族の最期を見たことになる。失しなっちゃいけねえ、一族だったになあ。ヒントックには、昔からいた立派な人たちは、すっかり少なくなっちまったからなあ」（三二六）

かけがえのない一族の最期を見届けた、村にはいい人がいなくなったというクリードルの嗟嘆は、ジャイルズ個人の死を悼むと同時に、かけがえのない一家の終焉、彼らが体現する「古きよきもの」が失われたことを痛哭していると考えられる。つまり、伝統的な農村社会の価値を体現するジャイルズの死は、「古い秩序の崩壊」[14]を示唆するのではないだろうか。

物語は、ジャイルズの、「誠実、善良、雄々しさ、優しさ、深い愛情」ゆえに彼を慕い続けたマーティの追悼の言葉で幕を閉じる。

「さあ、わたしの愛しい人、あなたはわたしのもの。そしてわたしだけのもの。なぜならあの人が、とうとうあなたを忘れてしまったから。あなたが、あの人のために死んだというのに。でもわたしは違う――目が覚めれば、いつでもあなたのことを思う。寝るときにもまた、あなたのことを考える。落葉松の若木を植えるときには、いつだって、あなたが植えたように植えられる人はいないと思う。留木棒を割るとき、りんごの圧搾機をまわすときには、いつだって、あなたのようにできる人はいないと言う。もしわたしが、あなたの名前を忘れるようなことがあれば、その時は、わたしに、家も天国も忘れさせてほしい――でも、愛しい人、そんなことはあり得ない、わたしは、あなたのことを忘れることはできない。なぜなら、あなたは良い人で、良い行いをしたのだから」（三六七）

確かにマーティが追憶するように、ジャイルズは田園人として優れた資質を持っていた。しかしながら、「古きよきもの」を固守するだけでは時代の変化に対応できないというのが、ジャイルズの死から読み取るべきメッセージではないだろうか。彼は純朴な田園人として自分の仕事に精通しており、石橋を叩いて渡る慎重さがあった。しかし、クリスマス・パーティに始まる一連のエピソードは、彼の状況判断の甘さ、優柔不断、消極的な生き方、頑さ、悲観的なものの見方を明らかにすることによって、彼の人物像に対して否定的評価を下していると考えられる。彼は、誠実さや忠誠心、自然への強い共感や厳しい倫理感、自己犠牲の精神を持つ一方で、融通性の無さ、不器用さ、物事を自然の成り行きに任せる運命黙従型ゆえに生存競争に敗れるのである。物語が始まるとほぼ同時に、運命が下降線を辿るという点では、彼と『町長』のヘンチャードには共通するものがあるが、ヘンチャードは、ジャイルズと違って、打ち負かされてもなお果敢に闘うエネルギーを持っている。然るにジャイルズは、物事を悲観的に捉えるあまり、不幸に打ちひしがれて、それを跳ね返すだけの気力がないのである。

このように見てくると、田園的価値を体現する人物がオウクからジャイルズに至ると、状況の変化に対応するしなやかさが次第に失われ、硬直した態度が際立つことは明らかである。そしてこのことで重要なのは、ジャイルズの後ろ向きな考え方や生き方が、リトル・ヒントックの底流に潜む沈滞感と相通じるものがあることである。

借地権の期限切れとともにジャイルズの家が取り壊され、チャーモンド夫人の領地に併呑されることは、村落共同体が崩壊へと向う、一つの象徴的な出来事と言える。ハーディは、ジャイルズの人物造形を通して、田園世界が孕む「内なる欠陥」を詳らかにし、彼の資質に見られる「古きよきもの」だけでは、近代化の波に洗われた時代を生き延びることはできないことを、都会人との生存競争における敗北や森の中での死によって暗示しているのである。

五．「近代的なもの」に対する見方

結末部で何よりも印象的なのは、ジャイルズの無為無策ときわめて対照的に、グレイスとフィッツピアーズが、状況の変化に巧みに身を処していく順応性としたたかさを見せることである。グレイスは、夫の裏切りを知って、初めてジャイルズの人間的真価を認めるものの、彼女の、「心の奥底から純朴な生活を請い求めようとする思い」も一過性のものにすぎないことがわかる。なぜなら彼女は、ジャイルズの死の直後こそ、彼の犠牲的精神を思って自責の念にかられるが、時が経つにつれて、風雨に晒されたことは、彼の避けがたい死を早めたにすぎないのだと自己正当化するからである。そればかりか、夫の巧みな和解戦術に嵌り、彼の改悛の情に絆され、結局は自分の心の中で折り合いをつけてしまって縒りを戻す。確かにグレイスは、父の意のままに振る舞う娘であったが、結婚後の辛い経験を経て、最後は父のもとを去って自らの手で人生を切り開いてゆくまでに精神的成長を遂げるのである。一方フィッツピアーズも、チャーモンド夫人と訣別後は、グレイスの信頼を取り戻すべく粘り強く彼女に働きかける。このような彼の粘り強さは、ジャイルズがメルベリーからグレイスをあきらめるように言われたとき、彼女の真意を確かめようともせず、婚約解消を申し入れる手紙をメルベリーに書く彼の唯々諾々とした態度と鋭いコントラストを見せる。当然のことながら、このような受身の姿勢では、熾烈な生存競争に打ち勝つことは不可能である。

このことに関連してデイヴィッド・ロッジは、「フィッツピアーズが生き残るのは、ジャイルズより、近代社会で生き残るのに適しているからであって、優れているからではない」[15]と述べ、ハーディ自身も、

科学の教えるところでは、生存競争で生き残る個体は、まわりの条件に最も調和する者にちがいないが、必ずしも、理想的な意味で、断然優れた者であるということではない。[16]

と語っている。要するに、環境に適応する者が生き残るのであるが、そこに道徳的見地からの価値判断は含まれないという点で両者はみごとに一致している。

フィッツピアーズとグレイスは、人生の再出発を期して田園世界を後にするが、彼らの将来に幸福が約束されているわけではもちろんない。この二人について、村人たちは、

「目下のところ、フィッツピアーズの奥さんは、あんたの女房がしているように、医者の先生を操っている。旦那をすっかりおとなしく飼い馴らしている。だが、それもいつまで続くか、おれにはわからねえな」(三六五)

と不吉な予測を下し、作者も、次のように、グレイスの前途に暗い影を投げかけるからである。

この物語の結末――それははっきり表明したというより暗示したものですが――は、ヒロインが不実な夫との不幸な人生を運命付けられているということだ、とおそらく気づかれたでしょう。[17]

確かに『森林地』の結末部は、グレイスとフィッツピアーズが元の鞘に収まることで一応ハッピー・エンディングと見なすことができようが、これら二つの引用文は、ハーディの「近代的なもの」に対する懐疑的な見方を示しており、『森林地』においては、ジャイルズやグレイス、フィッツピアーズの人物造形を通して、田園的価値と都会的価値それぞれに対するハーディのアンビヴァレントな態度を窺うことができるのである。

ジャイルズの没落は、単に不幸な偶然が重なった結果だけではなく、彼の積極性の無さや物事に対する無頓着が、彼の衰運を加速したためである。つまり彼の敗北は、彼自身にもその責任の一端があるということである。自然と一体化し土地に深く根差したジャイルズの生き方に象徴される閉鎖的な農村社会に欠けるもの、それは激しい変動の社会にあって逞しく生きてゆく力であり、時代の変化に対応できるしなやかさである。田園人の死という結末は、「古きよきもの」に対する見方が変化してきていることを強く印象づける。ハーディは、近代化に直面する伝統的な農村社会が内包するある「弱さ」を認め、それから目をそらすことなく、一つの時代が確実に終わろうとし、新しい時代が始まろうとしている過渡期の社会で、どのように生きてゆけばよいのかという問題を本作品を通して提起しているのである。

『森林地』におけるリトル・ヒントックとジャイルズの関係は、次作『帰郷』においては、エグドン・ヒースとクリムの関係に類似が認められる。もっともクリムは、大都会からエグドンの片田舎に戻ってきた人間であり、ジャイルズのような典型的田園人ではないことから、人物造形もより複雑さを増す。『帰郷』では、特に時代思潮との関わりという、より大きなパースペクティヴから捉えてみたい。

第三章　『帰郷』――「ヘレニズム」と「ヘブライズム」――

一．ギリシア的なものへの関心

『帰郷』（一八七八）は、物語の最初と最後の光景が際立ったコントラストをなしている。冒頭では冬の初め、夜の闇に包まれた古代ケルト人の塚レインバロウに、作中、ギリシア的異教徒として描かれるユーステイシア・ヴァイの、かがり火に照らし出されたシルエットが浮び上るのに対して、結末部では彼女の死後、同じレインバロウで、夏の昼過ぎ、キリストのイメージと重なるクリム・ヨーブライトの説教する姿が見られるからである。さらにヘレニズム的なものを体現するユーステイシアが不慮の死を遂げ、ヘブライズム的なものを体現するクリムが生き残るというプロットの流れを考えれば、この作品は、異教的なものの敗北とキリスト教的なものの勝利を謳ったものと解釈することはできよう。[1] しかしながら結末部において、クリムについて曖昧な表現が見られることや、冬が終わり再び春を迎える喜びを祝う五月祭において、エグドンでは異教精神はいまだ健在だと強調されることを考え合わせれば、異教的なものの敗北と見ることには疑問が残る。

ハーディは多感な青年時代に、ソフォクレスやアイスキュロスの劇作品を数々読み、ギリシア神話やギリシア悲劇に並々ならぬ関心を寄せた。[2] また『帰郷』の執筆直前に、一八六三年以降に読んだ書物からの抜粋をまとめた「文学メモ」を作成し、[3] そこにギリシア人の道徳観、宗教、人生観について数多く書き留めている。

デイヴィッド・ドゥ・ローラは、ハーディの三つの「モダンな」小説、すなわち『帰郷』、『テス』、『ジュード』に共通するテーマの一つとして、ヘレニズム的人生観が打ち出され、それを支持する態度が見られると語るとともに、ハーディの考えるギリシア的理想は、さまざまな資料を渉猟して独自に形成されたものであるが、特にマシュー・アーノルド（一八二二―一八八八）やウォルター・ペイター（一八三九―一九四）に負うところが大きいと述べている。[4]

この三作品では、ヘレニズム的な生き方や人生観が、ヘブライズム的なものと対比的にさまざまに言及されている。それらの言説を辿る中で、ハーディの「ヘレニズム」の概念がどのようなものであるかを明らかにするとともに、古典悲劇の三一致の法則に則った五幕構成であった『帰郷』の最初の構想――結末部でトマシン・ヨーブライトは、夫の死後、未亡人として余生を送り、ディゴリー・ヴェンは荒野のいずこともなく立ち去ることになっていた――が変更され第六部が追加された意味を考えたい。

二．クリムの顔

エグドン・ヒースで生まれ、「少年時代はヒースと一体となっていた」[5]クリムは、村人の間では神童の噂が高かった。その彼が長じて、母の期待を一身に受けてパリへ行き、そこで宝石商の修業を積むが、この「野趣あふれる禁欲的なヒースの若者」は、虚飾に満ちた都会生活に耐えきれず、故郷で何か価値のある仕事をしようと、エグドンに戻ってくる。そのクリムの顔の描写に注目したい。

顔の形はよく、見事というほどだった。しかし内なる心はその特異性がつよまるにつれて、この特異性を描くたんなる無用の銘板として顔を使いはじめていた。いま見られる美しさは、それに寄生する思想によって、ほどなくむざんにも侵略されてしまうだろう。……彼の顔つきからは、意味を読みとることができた。まだ思考で疲れきった状態ではなかったので、おだやかな見習い期間をおえて四、五年の修行をした男たちに少なからず見られる、まわりの様子を見たときのある特徴を、彼はもっていた。彼はすでに、思考は肉体の病気であることをしめしていたし、理想的な肉体美は感情の発育とか、事態の混乱を完全に認識していることなどとは、あいいれないものであることを、間接的に証拠だてていた。（一〇九）

読むテクストとしてのクリムの顔から何が読み取れるのか。内面の苦闘が眉目秀麗な彼の顔立ちを餌食にしており、彼は、「思考は肉体の病気」であり、理想的な肉体美は、物事の煩わしさの認識とは両立しがたいことを証明している。それでは彼の顔は、一体何を表象するのだろう。

クリム・ヨーブライトの顔には、未来の典型的な表情がかすかに見てとれた。今後、芸術に古典時代があるとすれば、その時代のフェイディアス（古代ギリシアの彫刻家）はこのような顔を作ることだろう。人生は耐えるものだという考え方が、文明初期にはつよかった存在への執着にかわって、最終的には先進民族の体質の中に完全にはいりこんで、この顔の表情が新しい芸術の出発として、受けいれられるようになることだろう。顔の曲線を乱したり、精神的な心配事を体のどこかに表したりしない男は、現代的な感覚から、はなれすぎていて、とても現代的とは思われないことを、人びとはすでに感じとっている。肉体的に美しい男は——民族が若いときは、民族の栄誉なのだが——現在では時代遅れになっている。そして肉体的に美しい女も、いつの時代にか、おなじく時代遅れになるのではないかと、考えてしまう。

真実のところ、幻滅させるような世紀が長くつづいたために、ヘレニズム的人生観というのか、なんと呼んでもよいのだが、これが永久に失われてしまったようなのだ。ギリシア人には推測するしかなかったものを、われわれはよく知っている。アイスキュロスが想像するしかなかったものを、いまは幼児でも実際に感じている。こうした一般情況の中では、旧来のうかれ騒ぎは、自然法則の欠陥が明らかになり、この法則のために人間が落ちこんでいる苦境を見ると、ますます不可能になってくる。(一三一―三二)

クリムの顔は「未来の典型的な表情」を見せており、古代ギリシアにおいてあれほど強かった「存在への執着」が、人生を苦難と見る見方に取って代わられようとしていることを示している。肉体的に美しい男は、今ではほとんどアナクロニズムになっており、顔面に歪んだ曲線が刻まれ、心労の跡をとどめるクリムのような顔こそ現代的タイプなのである。肉体的に美しい男はアナクロニズムだという言説は、思索と美とは相補的ではなく、「たがいに破壊的な相互依存」関係にあるということであるから、ペイターの審美的ヘレニズムの否定的エコーを響かせている。[6]

ところで、肉体美の称揚はアナクロニズムだというのは、興味深いことに、小説冒頭のエグドン・ヒースの描写――人類が若かりし頃には、テンペの渓谷のような魅力的で美しい風景が理想美とされたのであるが、今やこの「伝統的な美」は、エグドン・ヒースに代表される新しい美に取って代わられようとしている――と明らかに呼応し合っている。では、この新しい美とは具体的にどのようなものか。

人類が若かったころには面白くもない、深刻ぶった外観のものに、人間の魂はますます調和するようになるかも知れない。荒野や海や山といった抑制的な崇高性だけが、人類の中であれこれ考えこむ気性の人びとには、まったくしっくりする自然なのだという時代が、実際にはまだ来ていないにしても、到来は間近に思われる。そして結局は、ごく普通の旅行者にとっても、アイスランドのような場所が、現在の南欧のブドウ園やギンバイカの庭園の感じに、なるかも知れないのだ。そしてアルプス山地からスヘーヴェニンゲンの砂丘へ急ぐ旅行者が、ハイデルベルクとかバーデンといった名勝地に注意をむけることなく、通りすぎてしまうかも知れないのだ。（三）

物語の主舞台の一つであるエグドン・ヒースは、「夜と身近な関係」にあると言われるほど、その黒々とした野面は暗く深い趣を持っており、荘厳さすら感じさせる。この「抑制的な崇高性」こそ、現代的感情に訴えるものを持つのである。このことから、クリムの顔とエグドン・ヒースの佇まいには、現代人の感性に強く訴える点で相通じるものがある。

さらに、未来の風貌のエンブレムとなっているクリムについての、「ヒースをよく知るものといえば、それはクリムだった。彼には、そこの風景や物質や香りが、染みこんで」（一三七）いて、「彼の人生評価もヒースに色づけされ」ており、「彼もその産物だといってよかった」という言説から、エグドンとクリムは類似性を有するというより、むしろ本質的に同一のものと見なすことができよう。

それでは一体、どのような時代が到来しつつあるというのだろうか。古代ギリシアでは、あの古風な酒神祭騒ぎは、国家的行事として大々的に行われたように、「存在への執着」は強かったが、時代の移り変わりとともにものの見方も変化し、今ではヘレニズム的人生観は永久に追放されてしまった感がある。未熟なギリシア人に比べて知性の向上した現代では、われわれがダーウィニズムを初めとする自然の法則の欠陥を暴露し、人間がその法則の作用によって陥っている窮地を見ると、「存在への執着」は維持しがたくなってきているというのである。つまり知性の向上は、必ずしも幸福に繋がらないということから、ハーディの「ヘレニズム」の概念には、「反知性主義が重要な要素となっている」[7]と言えよう。

産業革命が物質的繁栄をもたらす一方で、ダーウィンやライエルなどが提唱した自然科学の新しい理論は、ヴィクトリア朝人に、伝統的なキリスト教的世界観に疑問を抱かせ彼らの価値観を大きく揺がせるほど深甚な影響を与えた。人々は信仰の衰退とともに、「憂鬱」という「現代生活のこの奇病」[8]にとりつかれ、彼らが経験した精神的苦闘は、特に知識階級にあっては想像を絶するものがあった。次の二つの詩は、時代の苦悩を鮮明に映し出している。アーノルドの詩「諦観」では、

私たちが踏む声なき芝、／周辺に広がる厳かな丘、／絶えず落ちるこの流れ、／山の奇岩や寂しい空、／もしこれらの在り方を口に出してやれば／喜ぶよりむしろ耐えているように思われる。[9]

と歌われ、ハーディの詩「自然の質問」では、池や野原、羊の群れ、ただ一本立っている木は、「まるで学校で叱られて黙って座っている子供達」[10]に喩えられる。人もまた、じっと耐えているこれらの自然物の姿から、生の苦難に耐え忍ぶことを学ぶべきだというのである。クリムの顔にはこのような時代思潮が明瞭に刻印されており、「ひどく悲しげな」色合いを帯びたエグドンの風景は、まさに時代の知的風景そのものである。

三．クリムとユーステイシア

それでは、ヘレニズム的人生観がヘブライズム的人生観に取って代わられるということは、物語のプロットとの連関で考えるとどうなるだろうか。帰郷したクリムが、故郷の人々を教化するために立てた教育計画の協力者として選んだ女性がユーステイシアである。彼女は、「夜の神秘」に満ちた異教徒の目を持ち、その口は、「話すよりも震わす形のようだったし、震わすよりも口づけに向いている」（五三）と思わせるほど官能的であり、唇の線はギリシアやローマの大理石像に見られるものを想起させる。ユーステイシアはエグドンの片田舎で、物理的かつ精神的閉塞感を味わっており、自己内部に抑圧された情熱のはけ口を見出せず、鬱屈した思いで日々を過している。

彼女は、人生とは、「音楽、詩、情熱、戦争、世界の大動脈でうっている鼓動や脈拍」（二二一）だと考える。彼女は、クリムが表象する、「社交界の中心であり、坩堝」であるパリゆえに、初めて会ったとき、彼が金色の後光に包まれているように見え、彼との結婚にエグドン脱出の夢をひそかに託す。彼女は、

「ああ、レイディらしく華やかな都会に住むことができたら、自分のやり方で、自分のことができたら、わたしの生涯でしわの寄った老人になる半分はなくたっていい！」（七六）

と豪語するほど自己主張が強く、かつての恋人ワイルディーヴを自分に惹きつけるために逢い引きの合図のかがり火を焚いたり、帰郷したクリムを一目見たさに、ヨーブライト家で催されるクリスマス・パーティでの「聖ジョージ」劇で代役を買って出て彼の家に乗り込むように、自己を突き動かす情熱や本能に従って行動する女性である。

彼女が外出時に携えている砂時計は、時の流れの物質的な現れであり、月食の夜のクリムとの逢瀬では、半ば欠けた月を指して、「わたしたちの時間はどんどん、どんどん、どんどん過ぎていくのよ！」（一五七）と、時間の流れを鋭く意識する。また彼女は、クリムの母が二人の交際を快く思っていないことを知っても、「会うことだけで生きていって、ほかの日のことは気にしないの」（一六二）と、「現在を楽しめ」[11]の生き方を志向する。さらにクリムとの結婚生活が破綻したとき、ピストル自殺を

企てようとして阻止され、「死にたいと思っても、なんで死んじゃだめなの？」と口走る。キリスト教倫理では自殺は非難されるが、異教徒は罪悪視しない。[12] このように彼女は、容姿のみならず気質、考え方においても、ヘレニズム的なものを体現する人物である。

官能的魅力にあふれ、「魂の色は炎のよう」なユーステイシアときわめて対照的に、クリムの彼女への愛は、「ラウラにたいするペトラルカの愛のように、純潔なもの」（一五九）だと語られる。彼は、パリでの虚飾の生活を捨て村人の教化という愛他主義に生きようと考え、その夢を実現するためにユーステイシアとの結婚に踏み切る。しかし、考え方も気質も対極にある二人の結婚生活は、クリムの母の不慮の死の経緯を巡る口論から、不和、破局に至る。家出した妻が堰に落ちて助からなかったとき、クリムは、自分こそ「母の死の大きな原因」となり、妻の死の「おもな原因」だったと悔やみ、「生きているべきものが、死んでしまった」と、自分を激しく責めさいなむ。このようなクリムの「良心のきびしさ」[13] は、まさにアーノルドが言う「ヘブライ主義の支配的観念」[14] である。

彼は、人生は、「憂鬱の原因ですが、たくさんの人が耐えなければならないものですよ」（一一五）と語り、毎朝目が覚めると、「被造物すべてが苦痛でうめき、苦しんでいるのを見る」（一三八）と言うように、人生を苦難に満ちたものと見る点において、ヘブライズム的なものを体現する人物である。彼は、教育計画の挫折、結婚生活の破綻という試練を経て、二年半ほど前の火祭りの日にユーステイシアが立っていたレインバロウで、村の巡回説教師として「山上の垂訓」を行うのである。

クリムは生き残ったとはいえ、彼が払った代償はあまりに大きい。さらに彼の講話を聴く人たちの間には、「彼の言うことを信じる人びともいれば、信じない人びともいた」(三一五)ことは、彼の講話が全面的に評価されているわけではないことを物語る。また彼が顔につけている日よけは、彼が人間性の判断力に欠けることを示唆するものとも考えられる。[15] 結末部における、クリムについてのこのような曖昧な表現は、キリスト教の全面的勝利とは言い難く、むしろ五月祭で、異教的なものがエグドンの地にはまだ残っていることが強調されていることこそ、後述するように、重視すべきである。

ところでアーノルドは、『教養と無秩序』(一八六九)において、英国文化の基底にはギリシア精神とキリスト教精神という二つの相対立する思潮があるとした上で、人間の明らかな英知を発展させようとする「ヘレニズム」と、神の意志に従って人間を厳しい道徳的訓練の下に置こうという「ヘブライズム」を対比的に論じた。彼は当時の英国社会の政治的、宗教的混乱を目の当たりにして、将来の英国社会の担い手たるべき中産階級が、物質主義や偏狭な清教主義を固守してギリシア的要素に欠ける点を憂慮し、彼らの人間性をもっと完全に発達させるために「教養」の必要性を説いたのである。『帰郷』における「ヘレニズム」と「ヘブライズム」の対比やクリムの教育計画には、アーノルドからの影響関係が明らかに認められよう。

このように見てくると、本作品の「ヘレニズム」と「ヘブライズム」の対比は、クリムとユーステイシアの人物造形のみならず、物語のプロットとも深く関わっていることがわかる。

四．異教的エネルギー

ユーステイシアがヘレニズム的なものを体現することは三章で見たが、次に、エグドンにおける異教的なものを探ってみたい。まず冒頭で描かれる、初冬にレインバロウでかがり火を焚くエグドンの風習は、「ドルイド教の祭式やサクソン人たちの儀式のまざりものから、流れを引くもの」（一二）であり、再び巡り来る季節が暗闇と死をもたらすことに対する「プロメテウス的反抗性」を示すものである。この火祭りでは、火の粉が舞う中、金切り声や笑い声をあげながら旋回する老若男女の黒い群像が、エニシダの茂みを吹き抜ける風の音を伴奏にして、さらに燃え上がる炎の熱気に煽られて踊り狂う姿が描かれる。

次に、「ジプシーング」を見てみよう。クリムは結婚後、教育計画を速やかに実行に移すため、深夜まで読書に励んだ結果、眼を悪くする。そこで生計を立てる手段として、エニシダ刈りの仕事を始める。こういう事情でパリ行きの夢は実現せず、荒野の田舎家に閉じこめられたユーステイシアは、憂さ晴らしにイースト・エグドンの村祭り「ジプシーング」に出かけ、そこで偶然ワイルディーヴに出会う。この村祭りの様子は次のように描かれる。

一年間あちこちに散っていた村いっぱいの官能的感覚が、いまこの一時間に波打って集中したのだ。……この時間は心に官能礼賛が復活し、人生への誇りがすべてであり、彼らは自分たちだけを賛美していた。（二〇三）

村中にあふれる感覚的興奮の中で繰り広げられるジプシー・ダンスは、肉体賛美と自己崇拝そのものの行事であり、ユーステイシアは、ワイルディーヴの腕に抱かれて踊りの輪に加わる時の「熱帯の感興」と、クリムとの結婚生活における「北極の氷の中」との大きな相違をはっきり意識する。「官能礼賛」がエグドンの住民たちの心の中に蘇るということは、その背後にキリスト教信仰の退潮が示唆されており、[16]「教会へ行くのは結婚や埋葬を別にすれば、エグドンでは例外的」（七一）であることが、それをはっきり裏付ける。

この「ジプシーング」で見られた異教的エネルギーは、結末部のメイポール・ダンスでも存分に発揮される。トマシンの家の前の草地に立てられたメイポールのまわりに、若い人たちが集まる場面を引く。

楽しきイングランドの精神が、ここではきわめてはっきりと残っていて、一年の四季折おりに伝統として語られている風習は、いまだにエグドンでは現実だった。実際この辺鄙な村すべての感覚は、いまだに異教的で、このような場所では自然への畏敬、自己礼賛、熱狂的なお祭り騒ぎ、名前は忘れられた神がみにたいするゲルマン的な儀式のなごりが、何らかのかたちで中世の教義をこえて残っていた。(二九八)

五月祭も火祭り同様、本来、作物の豊饒を祈願する異教徒の祭儀であったが、中世を通じて広く各地で盛んに行われ、宗教改革後は一時、下火になるものの、王政復古とともに隆盛を取り戻し、ヴィクトリア時代には、失われていた「楽しきイングランド」を熱望する風潮の高まりと相俟って、再び活気を帯びるようになる。[17] このエグドンの地では、「楽しきイングランド」の本能は稀に見る活力をもって息づいており、五月祭が中世の教義より長生きしていることが強調される。このように冒頭、第四部、そして結末部で、横溢する異教的エネルギーが活写されることは、異教的なものが作品において占める重要性を浮き彫りにする。

五．『テス』と『ジュード』における「ヘレニズム」と「ヘブライズム」

一章で挙げたハーディの三つの「モダンな」小説の他の二つ、『テス』と『ジュード』において、「ヘレニズム」と「ヘブライズム」の対比がどのように描かれているのかを見たい。まず『テス』では、

〈御猟場〉での出来事は、「まだ経験の色に染まっていない、単なる感情の器」にすぎなかった一六歳のテスを、「ほとんど一足とびに、単純な娘から複雑な女」に変える。トラントリッジから故郷に戻り私生児を産んだテスは、鬱々として日々を過ごすが、語り手は、「このみじめな境遇は、ほとんどが、彼女の因習的、慣習的なものの見方の生みだしたものであり、彼女の生得の耳目の感覚によるもの」[18]ではないと述べるだけでなく、自分の空想が生み出した「道徳のお化けの群れ」におののくこの頃のテスについて、

世の中が受け入れている社会の掟の一つをやむなく破りはしたものの、彼女は、そこでも自分が大変な異分子だと空想している当の自然環境、そのものに知られている掟には、決して背いてはいなかった。[19]

と彼女を弁護する。ここで注目すべきは、社会の掟に対して自然の掟が対置され、それが道徳規範の一つとして考えられていることである。やがて春が巡って来ると、彼女の中に人生の再出発を期する気持がわき起こるのは、まさに、「いかんともしがたい、生の歓びへの本能」によるものである。

故郷を再び後にしてトールボットヘイズ酪農場へ向かう途中、ヴァー川の流れる軽やかで晴れやかな緑の平原が眼前に開けてくると、「どこかに快楽を見出そうとする、最も低級な生物から高等な生

物まで、あまねく生命あるものにゆきわたっているあの抗しがたい、普遍的な、自動的な傾向」[20]が、テスの心を支配する。彼女は、「生きることへの溢れんばかりの熱意」を抱いて、目指す酪農場の方へと斜面を下ってゆく。テスがこの酪農場でエンジェルのプロポーズを受け入れるのは、「生きとし生けるものにゆき亘っている『歓喜への嗜欲』という不可抗な力に支配されたからである。だが結婚式の夜、アレックとの過去を告白した彼女は、エンジェルの顔に、「観念に実質を、精神に肉をしたがわせようとする意志」を認め愕然とする。

テスの告白にショックを受けたエンジェルが、真夜中に夢遊病者のように彼女を抱えて外へ出るのは、理性が眠っているすきに、彼は、「常識では認められない彼女に対する愛情をつい本能的に表に出してしまった」[21]からである。このように理性は、時代のさまざまな主義主張、価値観を取り込んで、「歓喜への嗜欲」に対抗しようとする。この感情と理性の二分法において、感情、特に恋愛感情は、テスのエンジェルに対する無私の愛のように、人間の自然な気持から生まれるものであり、一方理性は、人間の自然な感情を歪めたり破壊したりする、文明が生み出したさまざまな社会規範の代行者になっている。[22]

ところでキリスト教世界では、通常、肉体と魂、肉体的なものと精神的なものの間に鋭い区別を引く。[23] この霊と肉の二元論では、「霊は神からの呼びかけに応ずる天上的な部分であり、肉は罪のもととなる獣的な部分である。だから、後者を懲らし前者を浄めることが人間の務めになる」。[24] このことを明瞭に示すのが、子供たちの悲劇の後、急転向した『ジュード』のスーの次の言葉である。

「自分の歓楽を求めて、わたしたち無駄に人生を過してきたんだわ。でも、自己否定こそもっと高尚な道です。わたしたちは抑えなきゃならないのだわ、——肉を——恐ろしい肉——アダムの呪いを！……わたしたちは、義務というものの祭壇に、たえず我が身を犠牲にささげていなければなりません！……自己放棄——それが全てです！」[25]

ここに顕著に認められるのは、アーノルドが論じる「ヘブライズム」の根本観念、「克己、献身、われわれ自身の個人的意志にでなく神の意志に従うこと、服従」[26]である。スーが言う自己否定や禁欲は、当然のことながら、「いかんともしがたい、生の歓びへの本能」の対極にあるものである。

一方『テス』の語り手は、故郷で人目を避けて、日没後、丘や谷間を散策するテスについて、「彼女の動きは、その中を突き抜けてゆく天地の要素そのものと一体をなしていた」[27]、あるいは、「彼女の姿態は、風景全体をかたちづくる不可欠の一部と化した」[28]と語って、彼女と自然との一体化を強調し、さらにそれを女一般に敷衍する。たとえば女は、戸外の自然の「重要な一部」であり、「野良の女は野良そのものの一部」であるというように。また女についての、戸外の〈自然〉のもろもろの形や力を主な伴侶としている女たちは、その魂の中に、遠い先祖の異教の夢想を、最近になって教え込まれた組織的な宗教よりも、はるかに多く温存していたのである。[29]

という言説から、女＝自然＝異教的なものという図式が浮き彫りになる。さらにテスが、エンジェルとの逃避行で最後に辿り着いたストーンヘンジは、「異教徒の殿堂」であり、そこでテスが、「ふるさとに帰ってきたんだわ」と感じるのは、まさに彼女が異教徒である証しである。

ではスーはどうだろうか。彼女は、フィロットソンとの軽率な結婚から、結婚制度が「鉄の契約」によって人間の自然な感情を社会の鋳型にはめ込んでしまうという苦い教訓を学ぶ。彼女は夫のもとを去り、ジュードとの自然な愛情に基づく同居生活を送る中で、「ギリシア的な歓喜」に戻ったと感じる。しかしクライストミンスターでの惨劇後は、ジュードとの「歓びを徳とする」生き方を否定する。彼女は、

「〈自然〉がわたしたちに与えてくれたどんな本能も――文明が敢て妨害してきた本能を――楽しむことこそ〈自然〉の意図であり、〈自然〉の掟であり、存在理由なのだ」[30]

と考えて生きてきたのは誤りであったと慟哭する。

精神的崩壊を来し、自己否定というキリスト教倫理へ百八十度の方向転換をしたスーを、「はじめてぼくが巡り合ったときのあの前途有望な人間的な知性は、なんと無残な難破船になってしまったんだ！」[31]と詰るジュードの言葉や、生きる屍となったスーの、フィロットソンとの再婚を、「婚礼は取りもなおさずお葬式じゃ」と評するエドリン夫人の言葉は、自己否定の生き方に対する作者の批判的な見方を代弁するのではないだろうか。ハーディは、愉しもうとする意志は人間の生得のものだと考えるからである。彼の日記にはこうある。

愉しもうという決意について考えた。木の葉から舞踏会にいる貴族の女性に至るまで、それは自然のあらゆるところに見出される。……それは人間の力の及ばない困難のもとでも一応成就される。閉じ込められた水のように、それはどこかに可能性の隙間を見つけるであろう。[32]

この決意は、生あるものがすべて持っている生得のものであるが、「楽しませまいとする環境の意志」[33]によって阻まれる。だがこの生得の意志は、どこかに活路を見出そうとする。この自然な感情を曲げ、歪め、拘束する環境の意志とは、社会慣習、時代の価値観、キリスト教道徳など文明が生み出したものである。ところが驚くべきことに、この愉しもうとする人間本来の意志は、『ジュード』では、リトル・ファーザー・タイムに象徴的に示される、「生きていたくないという来たるべき普遍的な願望」に一変する。「時」の擬人化した姿であるファーザー・タイムの名の通り、老人の顔をしたこの少年は、自分たち幼い者が貧しい両親の足手まといになっていると思い詰めて、「ぼくらはたんとすぎるのでやりました」というメモを残して、弟や妹を殺し自らも命を絶つ。このように、「近代の知的生活の多様な要求」[34]の中で生きなければならない現代のわれわれにとって、ギリシア的理想の実現は、「古代生活の単純な条件の内部にいたギリシア人」[35]に比べると、はるかに困難を極めるのである。

このように見てくるとハーディは、ヘレニズム的なものを自然な生き方と見なしていることは明らかである。もっとも「ヘレニズム」という概念は、『帰郷』ではそれほど明確に意味が規定されているわけではないが、『テス』、『ジュード』に至ると、ヘレニズム的なものとヘブライズム的なものの対比がより先鋭化し、「ヘレニズム」は、人間性にとって自然なものであり、人生を生きる上での一つの価値基準として考えられている。もちろん「自然」を道徳規範とすることには、異論もあろう。ハーディは、「自然」は欠陥の多い不完全なものと考えるからである。たとえばジュードは、烏追いをしていたトラウザムの畑で、食欲を妨げられた鳥に同情するあまり、鳴子を投げ出したところを農場主に見つかって解雇されたとき、「自然」の残酷性について、「生きとし生けるものの中の或る一組に施す慈悲は、他の組にとっては残酷な仕打ちになる」[36]という自然界の恐ろしい道理を思い知る。このように道徳規範としての「自然」は、完璧なものとして提示されているわけではない。「自然」は、レナート・A・ビョルクが言うように、絶対的な基準としてではなく、社会道徳と比較した場合に、害悪がより少ないという意味で、優位性が認められているのである。[37]

第三章で取り上げたハーディの三作品の中では、「現代社会に支配的な知的習慣や道徳上の価値観と比較した場合、より健全で有益な人生に対する見方」[38]としてヘレニズム的な生き方が提示され、作を追うごとに、次第にその明瞭な形が浮かび上がってきていることがわかる。こう考えると、『帰郷』における第六部追加は、作者の第六部三章の脚注によれば、「雑誌連載のある事情」によるもの、つまり、ハッピー・エンディングを望む当時の読者層の意向をくみ取ったものとされているが、ハーディが、作品の掉尾を飾るメイポール・ダンスで、エグドンに残る異教的なものを強調するのは、「ヘレニズム」対「ヘブライズム」というテーマを温め続けるためであり、それは、十数年後の『テス』と『ジュード』において結実したと言えるのではないだろうか。

『帰郷』において、ヘレニズム的なものがヘブライズム的なものに取って代わられることは、ある意味で、新旧の交代と言えよう。このテーマは、次章の『町長』では、小さな地方都市カースタブリッジを舞台にした穀物取引の場で探求される。さらにエグドン・ヒースとクリムの間に見られた相似関係は、この町とヘンチャードの間にも認められるが、より多角的かつ詳細に論じられていることから、町と人が際立って密接な関係にあることを明らかにしていきたい。

第四章　『カースタブリッジの町長』
――表象としてのカースタブリッジ――

一・闘いの場としてのカースタブリッジ

『帰郷』のエグドン・ヒースは、第三章で述べたように、伝統的な美に代わる「抑制的な崇高性」[1]を持つ新しい美の典型とも言うべき趣があり、クリムの顔同様、人生は耐えるべきものという人生観を表す象徴的風景として描かれていた。この章で取り上げる『カースタブリッジの町長』（一八八六）においても、アクションの中心となる地方都市カースタブリッジは、町全体、あるいはその一部について作品中で幾度も言及されており、しかもかなり象徴的に描かれていることは注意を引く。それらの言説を検討すると、この町と主人公ヘンチャードの間にいくつかの類似点が浮び上ってくる。エレイン・ショウォールターは、カースタブリッジの地勢的特徴とヘンチャードの人物像との相似関係を指摘しているが、[2]作品全体を考えると、単なる相似関係に終わらないと思われる。カースタブリッジは、「緑のテーブルクロスの上のチェス盤」[3]という鮮かな視覚的イメージで読者に提示されており、作品中でドミノやトランプなどの勝負事の比喩がしばしば用いられていることは、作品のテーマを考える上で重要だと思われるからである。カースタブリッジについての記述を検討する中で、この町が一体何を表象するのかを考えてみたい。

二．人と町の相似

ウェイドン＝プライアーズの定期市での妻売りから一八年後、スーザンは、ニューソンが航海に出て行方不明になったため、かつての夫ヘンチャードを頼って、娘のエリザベス＝ジェインとともにカースタブリッジの町を訪れる。エリザベス＝ジェインが町から一マイル離れた丘の上から眺めた時の町全体の第一印象は、「古風」で、四方を並木に閉じこめられた箱庭のようだというものである。一方語り手は、次のように、カースタブリッジの特徴を語る。

なるほど、この四角い形は、この古くさい、カースタブリッジの町でもいちばん人目をひく特徴だった――その当時は、といってもつい近年のことだが、モダニズムのかすかな片鱗にさえもまだ触れていなかったのだ。町はドミノの牌の箱のようにぎっしり詰まっていた。そこには、普通の意味での郊外は存在しなかった。田舎と町とが非常に正確な線で接していた。

さらにより高く空に舞い上がる鳥たちにとって、カースタブリッジは、こんな晴れた夕暮れには、深緑の長方形に囲まれた、あわい赤と、茶と、灰色と、水晶色のモザイク模様のように見えたにちがいない。水平にものを見る人間の目から、それは数マイルにもわたる円い丘や凹んだ野原の真ん中に置かれた、ライムや栗の木の深く茂った柵の向こうにあるぼんやりとした塊のようだった。(二三)

この町の描写を特徴づける「古くさい」、「四角い形」(「四角い」(square) という語は、「旧弊な」[4] という含意が認められる)、「ドミノの牌の箱」、「深緑の長方形に囲まれた、あわい赤と、茶と、灰色と、水晶色のモザイク模様」、および、「田舎と町とが非常に正確な線で接して」いるという表現に注目したい。

次に彼女たちが、町に足を踏み入れた場面を見てみよう。

彼女たちは、灰色がかった教会にやってきた。その大きな角塔は、暮れなずむ大空にくっきりとそびえていた。下のほうは、近くの家の明かりに照らし出されて、歳月と風雨のために漆喰が、壁石の継ぎ目から完全にえぐりとられている様子がはっきりと見えた。そしてこの裂け目には、小さなベンケイ草の房や雑草が胸壁のあたりまで伸びていた。この塔から、時計が八時を打つと、

鐘が横柄なひびきを立てて鳴り出した。（二五）

歳月と風雨のために漆喰が剥がれ落ちた教会は、この町の古い歴史を物語る。また教会の角塔は、ヘンチャードの「がっしりしたあごと垂直の横顔」を、鐘の「横柄なひびき」は、彼の傲岸で高圧的な態度を思わせる。つまりこの一節は、彼女たちがこの後、町の最高級ホテル《キングズ・アームズ館》で晩餐会を主催する姿を目にする「町の大黒柱」ヘンチャード町長登場の先導役を果たしている。

さて農業によって生きる町カースタブリッジは、次のように描かれる。

カースタブリッジは、すでに触れたように、小麦畑の一画を仕切った土地であった。近代的意味における郊外、つまり町と草原とをつなぐ混合地帯とよばれるべきものは存在しなかった。それは、隣接する広大な肥沃な土地に対して、緑のテーブルクロスの上のチェス盤のように、整然として明白だった。（七一）

この町が小麦畑から截然と仕切られているさまは、ヘンチャードの人を寄せつけない態度を思わせる。[5] 物語冒頭、ウェイドン＝プライアーズに向うヘンチャードは、民謡を刷った紙切れを読むふりをして頑なに沈黙を守りスーザンを完全に無視している。そして酒に酔った勢いで、妻子をまるで「馬か牛のように」五ギニーで売りとばして家族との絆を断ち切った後は、ジャージー島でのルセッタとのロマンスを除けば、彼はカースタブリッジで一八年間、人の愛情を求めることなく、その「驚嘆すべき精力」をもっぱら商売に傾け社会的地位を得るまでになる。彼は、スーザンがカースタブリッジに現れたとき、体面を取り繕うために彼女と再婚するが、それは彼女に対する愛情が再燃したからというよりも、むしろ道義的責任感からであり、かつ、「こういう贖罪的な行為にともなう内的苦痛でわが身を懲らしめる」（六五）ためである。

またヘンチャードは、スコットランドからやって来て、アメリカ西部の穀倉地帯で運を試すためにブリストルへ向かう途次、たまたまカースタブリッジを通りかかったファーフレイの人柄に魅了されると、彼の計画を断念させ、自分の商売の穀物部門の支配人として雇う。そして知り合ったばかりの彼に自分の身の上をすべて打ち明けるほど全幅の信頼を寄せ、彼に異常とも思える執着心を示す。ところがヘンチャードの心に、彼の人望に対して嫉妬心が次第に芽生え彼の有能さに恐怖心を抱くようになると、彼に対する愛情は憎しみへと一変する。なぜなら、「人を愛するにせよ憎むにせよ、彼の対人態度は、水牛のように片意地だった」（八八）からである。このように友人から一転して商売敵となったファーフレイに対して、彼は激しいライヴァル意識を燃やす。

さらにエリザベス＝ジェインが実の娘でないと知ったとき、手の平を返すように彼女に冷淡な態度をとる。このとき彼の味わった激しい失望感は、心の中に「感情的空隙」を残すが、彼はその空隙を満したいと思いつつも人の愛情を拒否するところがある。人の愛情を渇望しながらもそれを拒むのである。エリザベス＝ジェインは、母の死後、ことごとく辛くあたる父の態度を耐え難く感じていたとき、ルセッタから彼女の家で一緒に暮らさないかと誘いを受け、家を出る決心を父に告げる。するとヘンチャードは、直ちに彼女に年金を与えて手を切ろうとする。このように彼は、相互に構築してゆくべき人間関係を、金銭上の取引で一方的に処理してしまおうとするのである。

このようにして彼と近しい人間は、次々と彼のもとを去る。五ギニーで買い戻したスーザンは亡くなり、ファーフレイは商売上の不和から、エリザベス＝ジェインは父娘関係の真実を知らないがために疎遠になる。カースタブリッジの町と田園地帯が「非常に正確な線で接して」いるさまは、相手を思いやることなく、自分の感情のみで人間関係に対処するヘンチャードの頑迷な態度を象徴的に表している。以上のことから、カースタブリッジの地勢的特徴と町長の人物像の間には著しい相似関係が認められる。

三．新旧の闘い

二章で見た、「深緑の長方形に囲まれた、あわい赤と、茶と、灰色と、水晶色のモザイク模様」をなす町の特徴は、チェス盤のモザイク模様を想起させることから、「緑のテーブルクロスの上のチェス盤」は、小麦畑を舞台にして展開するヘンチャードとファーフレイの間の穀物取引上の激しい駆け引きのメタファーと考えられる。またチェス盤は、コマの動きがすべて見て取れるオープンな場である。[6]

穀物取引が行われる市場は、

通りの集中している「広場」というものは、豪華な芝居につきものの野外のように、そこに生じる出来事が、いつも近隣の住民の生活に結びついてもいるのだ。農場主、商人、酪農場主、山師、行商人といった連中が、毎週、そこに現れて、日が暮れるにつれ、姿を消していくのであった。それは、あらゆる軌道の交差点だった。（一二六）

と描かれるように、この「町の中央の活動の舞台」で行われる取引は、衆人環視の中で行われる。この市場を見下すことのできる高台に住むルセッタは、窓辺に腰掛けると、人の動きや商取引の行われるさまを、さながら舞台を鑑賞するように眺めることができるのである。またカースタブリッジについての、ドミノの牌の箱やチェス盤の比喩は、そこが勝負を争う場であることを一層強く印象づける。

さらに、ヘンチャードとファーフレイが袂を分かった後の、両者の荷馬車の衝突事件は、二人の公然とした敵対関係を象徴する出来事だが、ルセッタはそれを邸の窓辺から目撃する。そしてヘンチャードの商売が傾いてゆき、彼が、かつては自分の所有物であった納屋や穀物倉で、ファーフレイの日雇い労働者として働くことになるのと反比例するかのように、ファーフレイの商売が繁昌し、ついには町長の座とルセッタの愛を獲得するに至る逆転劇は、市場を中心としたオープンな場で演じられる。町の一角を占めるリングと呼ばれる廃墟がローマ占領時代の闘技場ならば、市場はまさしく現代の闘技場と言えよう。

ヘンチャードは、ファーフレイに対する商売上のライヴァル意識のみならず、ルセッタを巡る恋愛上のライヴァル意識も手伝って、より一層断固として闘うことを決意するとき、「トランプ室の四角い緑色の台でやるのと同じように、四角い緑野でも容易に博打ができる」（一四三）と考える。このようにファーフレイとの角逐が、トランプ室でのゲームに喩えられているのは、運ないしは偶然性に賭けるトランプが、ギャンブル性を有するからであり、人為の及ばぬ天候相手の穀物取引と相通じるものがあるからである。

じっさいヘンチャードが、穀物取引をギャンブルと見なす背景には、当時の小麦相場が天候に左右された事情がある。この作品の時代設定を考えてみよう。冒頭部の、ヘンチャード一家が初めて登場する場面は、「一九世紀も三分の一に達しない、ある晩夏の夕暮れ」となっており、三章以降はそれから一八年後のことである。二六章において農夫たちが天候に一喜一憂する当時の状況に関して、「外国相手の競争が穀物の取引に大変革を起こさせる直前の時代」（一四〇）と語られていることから、穀物法廃止前の一八四〇年代半ばと考えられよう。

序文で言及されている穀物法は、「飢餓の四〇年代」と呼ばれた一八四六年に、イングランドの不作とアイルランドのジャガイモ大飢饉を受けて撤廃されることになるが、それまで約四〇〇年に亘って、穀物輸入に重税を課すことにより、地主階級の権益を保護してきた法律である。当時アイルランドでは、一〇〇万人が餓死、あるいは病死し、一〇〇万人が主としてアメリカへ移民せざるをえない悲惨な状況にあった。[7] 六章で、スコットランド出身の青年ファーフレイが、渡米のためカースタブリッジを通りかかるのは、このような時代背景を反映していよう。

自由貿易体制に入る前であったため、月々の小麦相場は収穫期の天候に大きく左右されることになり、[8]「不作とか、不作が予想されるときは、わずか数週間で穀物の価格は倍にもなった。そして、豊作の見込みがあるとそれは急激に下落した」(一四〇)というように、その時々の状況に応じて変動が極端であった。ここから穀物取引がギャンブル性を帯び、投機の対象となるのである。

ヘンチャードは悪天候に賭けて小麦を買い占めるが、予想に反して好天続きで大豊作となったため、小麦の価格が暴落して大損害を被る。気まぐれな天候に翻弄された結果である。だが天候だけが彼に不利に働いたわけではない。天候の判断を何に頼るのか、また、めまぐるしく変わる天候にどう対処するのかも重要な問題となってくる。ヘンチャードが判断の潮時を誤ったのは、

もしヘンチャードが、もう少し待ってさえいれば、もうけることはなくても、少なくとも損は避

けることができたかもしれない。しかし、彼の性格からいって、耐えることを全く知らなかったのだ。（一四五）

と語られるように、彼の性格にも起因する。一方ファーフレイは、生来の洞察力でもって機敏に対応した結果、大きな利益を得る。天候判断においても、ヘンチャードの性急さとファーフレイの沈着さが事業の明暗を分けるのである。

その上二人は、気質のみではなく商売の方法においてもきわめて対照的である。伝統的なカースタブリッジ商法を墨守するヘンチャードは、「麦わらは両腕をひろげてはかっていたし、わらの束は持ち上げて重さをはかり、干し草は噛んでめききする」（八二）ように、勘に頼るやり方である。一方ファーフレイは、天秤や竿秤を駆使して計算と測量で行うように、合理的判断に基づくやり方である。ヘンチャードの目分量での大まかさと、天秤や竿秤のせわしない動きに象徴されるファーフレイの正確さと効率性の追求の対比は、「南方的頑迷さに対する北方的洞察力——棍棒に対する短剣——のたたかい」[9]（八九）に喩えられる。それはまた、がっしりした体躯のヘンチャードの腕力と、ほっそりした体躯のファーフレイの頭脳の闘いでもある。

ある日市場に条蒔き機が突然持ち込まれる場面は、新しい時代の到来を予告するものである。

> それは、条蒔き機とよばれる新式の農機具で、七王朝時代さながらにまだ種蒔きに、古くさい種べらが用いられていたこの地方では、そのころまでは未知の、新しいものだった。それの到着は、飛行機がチャリング・クロスで大評判をとったように、この小麦市場で大センセーションをまき起こしたのである。農夫たちはまわりに群がり、女たちはそばへ寄り、子どもたちは、その下や中へもぐりこんだ。機械は、あざやかな緑と黄と赤で塗られ、まるで全体が、おそろしく拡大されたスズメバチと、バッタと、エビの合成物に似ていた。(一二七)

アングロ＝サクソン時代さながら、種蒔きに古めかしい種べらがまだ用いられている旧態依然としたカースタブリッジに、ファーフレイは大変革を起こそうと考える。ここでは新旧の対比は、近代的な農機具の色彩と形状を通して象徴的に示されている。機械文明の産物である条蒔き機が、その鮮かな原色によって、カースタブリッジの、濃緑色で囲まれた、淡い赤、茶、灰色、水晶色が織りなす「三次色調の中で生ぜしめる違和感」[10]は、人々の衝撃の大きさを物語っている。条蒔き機は、道端や茨の間に落ちたりする従来の方法が粗雑で不便であるのと対照的に、「どの粒も、ちゃんと蒔こうと思ったところへ落ちる」正確さと効率性を誇るものであり、小麦とはおよそ無縁なその奇怪な姿は、近代合理主義精神のグロテスクな形象化だと言えよう。[11]

この近代的農機具の登場は、「人間がますます環境を支配できるようになったこと」[12]を意味し、風向きを気にしながら種を蒔くというような情趣が失われてゆき、進歩の名の下に、「古い方法のもっていた荒削りの生きいきした色彩」が、その不便さとともに消え去ろうとしていることを示唆する。ヘンチャードは、条蒔き機を何の役にも立たない代物だと白眼視するが、この機械の登場に象徴される、カースタブリッジで起こりつつある変化とは、着実に進行している農業の機械化なのである。したがって、このような社会の急速な進歩に伴う新しい商取引の方法や時代に対応できる教育の導入が喫緊の課題となっている。

然るにヘンチャードは、無学であり数字にも疎い。もっとも彼自身、自分の商売では、「体と走り回ることだけで、店を構えることはできます。しかし、それを安定させるのは、判断と知識です」(三九)と認めてはいる。彼は干し草刈り職人から身を起こし、今では干し草だけでなく穀物取引にも手を出して事業を拡大した結果、従来のやり方では立ち行かなくなってきているのである。そればかりか、頑固者にありがちなように迷信深いので、収穫時の天候予測を占い師に頼って穀物の投機買いに走るが、当初の予想が大きくはずれて破産する。このことは、重大な天候判断を呪術に頼る彼の前近代性を浮き彫りにする。さまざまな面において旧弊で荒削りな彼の商法は、必然的に、時代の趨勢の中で頓挫せざるをえないのである。

四．過去との闘い

もっともヘンチャードの没落は、単に商売上の失敗のみに起因するのではない。彼が封印しようとした過去を暴露する人物が次々と戻ってきて、彼の現在を脅かすからである。過去から最初に現れるのはスーザン、次にルセッタ、それからフルメンティー売りの老婆、最後はニューソンである。彼らはヘンチャードに罪の認知と贖いを求める。彼の運命は、あの晩餐会が絶頂期であり、スーザンの出現を境にして下降の軌跡を描く。

この作品の、「過去から逃れることはできない」というテーマは、カースタブリッジの風景描写を通して示される。ヘンチャードがスーザンやルセッタと密会するのは、通称リングと呼ばれるローマ占領時代の円形闘技場の中であり、望遠鏡でニューソンの姿を認めるのは、《メイ・ダン》という先史時代の土塁上である。このようにカースタブリッジが古い歴史を誇る町であることは、以下の描写に明らかである。

カースタブリッジの、どの通り、どの小道、どの地域にも、古代ローマの名称を残していた。町はローマ風であり、ローマの芸術を示し、ローマの死者を隠していた。町の広場や庭園を一、二フィートも掘れば、ローマ帝国の背の高い兵士などに出会うことも不可能ではなかった。彼らは一五〇〇年ものあいだ、そこに口もきかずひっそりと休息の身を横たえていたのだ。（五五）

もっとも町の人々にとって、ローマ時代は遠い昔のことであり、「彼らと現在そこに生きる者たちとのあいだにはあまりにも大きい淵が横たわって」（五六）いるので、町の住民が日常生活において過去を意識することはほとんどない。しかしリングでは、かつて血腥い競技が演じられ、また近年においては何十年もの間、町の絞首台がその一角を占め公開処刑場として使用された。このような暗い過去の歴史が掻き立てる不吉な連想ゆえに、リングは人目につかない場所にありながら、恋人たちには敬遠され、しばしば内密の約束事や陰謀企ての場所として利用される。じっさい、過去の出来事が風景に刻印されているからこそ、夏の日盛りにたまたま競技場の中にいた人がふと目を上げると、

ハドリアヌス帝の軍勢が土手の斜面に並んで、まるで剣闘士の競技でも見物しているかのようにながめているのが見え、また彼らの興奮した歓声が聞こえた。（五七）

という話がまことしやかに語られるのである。このリングの中央で、ヘンチャードが葬ったつもりの過去からスーザンが蘇り、彼に改悛の情を掻き立てるのは、過去が厳然として現在に生きていること

を示唆する。

さらにこの同じリングで、ヘンチャードとルセッタが日没直前密かに会う場面を見てみよう。ルセッタは、自分がファーフレイと結婚したことで、ヘンチャードが二人の過去の秘密を暴露して自分に復讐するのではないかと恐れるあまり、ヘンチャードの寛大さに訴えようとする。ヘンチャードが、密会に指定されたリングに、憔悴しきった哀れなルセッタの姿を認める場面は、以下のように語られる。

この広い囲いの真ん中に立った彼女の姿、その並はずれて質素な服、希望し哀願する彼女の態度などが、彼の心のうちに、かつて過ぎた日にここにこうして立ち、いまはもう永遠の眠りについている、いま一人の、虐げられた女の記憶を強くよびさましたので、彼は気をおとした。そうして、こうした弱い女性の一人に報復を企てたことに、彼の胸は、しめつけられた。（一八九―九〇）

このような「過去をとどめる眺望」の中で、ヘンチャードにとって、ルセッタの哀訴する姿が、夫の虐待を受けながらも、彼の行方を捜し当ててはるばるカースタブリッジにまでやって来た哀れなスーザンの姿と重なることは、過去が生きていることの何よりの証しである。

さらにリングに立つルセッタがヘンチャードに、「いま一人の、虐げられた女の記憶を強くよびさました」ことは、彼の虐待が、その対象が代わろうと、繰り返されたということであり、過去が繰り返されて現在に置き換わることによって、ヘンチャードの行為は時を越えて普遍的な意味合いを付与されるようになるのではないだろうか。[13]

このリングという「巨大な円形の囲い」の中に立ったヘンチャードは、自分がルセッタに対して企てようとしたことがいかにも卑劣なことに思われ、彼女を辱めようとした気持ちもすっかり消え失せたばかりか、自らの行為を恥じ、彼女に恋文を返すことを約束する。このように時間的にも空間的にも大きな広がりを持つリングは、人間の卑小さを鋭く意識させる場所でもあるがゆえに、ヘンチャードの気力を甚だしく削ぐのである。[14]

同様のことは、《メイ・ダン》についても言えよう。ヘンチャードは、エリザベス＝ジェインとファーフレイの恋の成り行きを探るため、二人の落ち合い場所になっている《メイ・ダン》に出かける。

二マイル先の、街道から四分の一マイル入ったところに、《メイ・ダン》とよばれる先史時代の土塁があった。非常に大きなもので、塁壁がいくつもあり、その囲いの内か上に人が立っても、街道からは、微々たる斑点にしか見えなかった。ヘンチャードは望遠鏡を持って、ここへしばしばやってきて、障壁のない街道《ヴィア》を――もとはローマ帝国の軍隊が造った道であるところからこの名がある――二、三マイル先までじっとながめていた。（二三三―三四）

このとき、《メイ・ダン》に立つヘンチャードの望遠鏡のレンズが捉えた街道の微小の一点は、彼の予想に反して、ファーフレイではなかった。その決定的瞬間はこう語られる。

商船の船長のような服を着た男だった。そして、道をよく見るために振り向いたとき、顔が見えた。それを見た瞬間、ヘンチャードは生涯が終わったように思った。ニューソンの顔だったのだ。(二三四)

遠くのものを近くに引き寄せる望遠鏡が、ここでは「象徴的に作用して」[15]、二〇数年の歳月が一気に圧縮されると、ニューソンという微々たる過去の一点が瞬時に拡大されてヘンチャードの現在に迫る。この瞬間、ヘンチャードの生涯は燃え尽きる。彼は、エリザベス＝ジェインは死んだと嘘をついて、カースタブリッジに現れたニューソンを一度は追い返したが、彼が再び姿を見せたことで、娘が真実を知るのはもはや時間の問題だと観念し、町を去る決心をするのである。

リングや《メイ・ダン》という広大な、「過去をとどめる眺望」の中で、ヘンチャードは、ローマ時代、さらには先史時代という長大な時間的・空間的広がりの中に位置づけられ、人間のこれまでの歴史をすべて包含する視野の中で捉えられることになる。そうなると、彼のカースタブリッジを舞台にした闘いは、これまでの数知れない人間の闘いの一こまとして大きな歴史の流れの中に組み込まれ、彼は個としての存在を超えて普遍性を帯びてくるのではないだろうか。それは丁度『テス』において、テスが、エンジェルとの逃避行で、最後に辿り着いた先史時代の環状巨石群の祭祀遺跡ストーンヘンジの石の上に横たわるとき、そこが、過去の歴史において、生け贄のための祭壇であったことから、彼女が、これまで生け贄として捧げられた数多くの殉教者の姿と重なるのと同じである。このように、リングや《メイ・ダン》の長大な時間的・空間的広がりを背景にしたヘンチャードの密会や偵察の場面は、過去が連綿と続いていること、それゆえヘンチャードは、過去から逃れることはできないことを示唆する。そればかりか、この巨大な風景の中に置かれたヘンチャードは、自己の矮小さを強く意識せずにはいられないのである。

一方ヘンチャードの普遍性に関しては、冒頭部の描写も看過できない。ヘンチャード一家は、「一人の若い男と、子どもを抱いた若い女」として登場し、その後も彼らについて、「二人連れ」、「二人の歩行者」、「若い男と女」という一連の表現が続き、彼らを包む風景は以下のように語られるからである。

ここの風景に関するかぎり、一年のこの季節では、イギリスのどの州のどの土地と比べてもほとんど変わりがなかった。……長いあいだ、小鳥が一羽、弱々しげに聞きなれた夕暮れの歌をうたっているほか、なにも聞こえなかった。それは疑いもなく、何百年このかたこの季節の夕暮れの、

同じ時刻にこの丘の上で、全くおなじ顫動音《トリル》や、震音や、短音などで聴かれたものだった。(六)

このように彼らが、あたかも寓話的世界の人であるかのように語られることにより、彼らは場所と時間を超えて普遍的性格を帯びてくるようになる。さらに注目すべきは、この悠久の時の流れが結末部でも言及されることである。ヘンチャードは、最後にエリザベス＝ジェインのもとを去ってエグドン荒野に向かうが、彼が死を迎えることになるこの荒野は、「古代の人びとが踏みかためて以来、わずかに兎が走るほか、指一本の深さほども土地のかき乱されることがなかった、太古さながらの地方」(二四九)と語られ、ヘンチャードは最期の場面においても、この悠久の時を刻む世界の中に身を置くことになる。このように彼は、作中しばしば、大きな歴史の流れの中に組み込まれることにより、副題の「高潔な人」という普遍的存在としてわれわれの前に立ち現れるのである。[16]

五．ミクスン小路が意味するもの

それでは場末にある、人生の落伍者や犯罪者の隠れ場所ミクスン小路は、作品全体のテーマを考える上でどのような意味を持つのだろうか。この町はずれにある一角は、一本の小川によってカースタブリッジの住宅地と隔てられており、一見それを横切る道はない。しかしミクスン小路のどの家にも奇妙な板がしまってあり、その板がひそかに橋代わりに使用されている。このことは、場末のこのスラム街が、カースタブリッジの中心部から画然と分離されているようでいて、実際は容易に行き来できることを意味する。したがってミクスン小路についての、「カースタブリッジという頑丈な樹木に繁茂した、このかび臭い葉」(一九三)という比喩は、そこが、犯罪の温床になっていようと、カースタブリッジの有機的な一部であることを示唆しよう。

ヘンチャードは、無一文の干し草刈り職人から身を起こして町長の座に登りつめるが、破産後はしばしば多くの人生の敗残者同様、町の下手にある橋のたもとに立ち人生の浮沈に思いを巡らす。穀物取引はギャンブルであり、まさに采の一振りで、彼は栄光から没落へと人生の坂を転げ落ち、町の中心部から場末まで押し流される。そしてこの悪徳や恥辱、時には殺人さえまかり通る悪名高い無法地帯には、落魄したヘンチャード同様、何らかの理由で不運に見舞われた「貧しい高潔な人も暮らしていた」のである。

さらに重要なのは、カースタブリッジの町の社会空間は、中心部にある一流の《キングズ・アームズ館》、その少し先の中流の《三人の水夫館》、そして場末のミクスン小路にある《ピーターズ・フィンガー館》と三分されており、一見して社会階層により居住空間を異にしているようだが、現実には《三人の水夫館》の客たちは、《ピーターズ・フィンガー館》に集まる客と比べると上等だとされながらも、「《水夫館》の最低の連中は、《ピーターズ館》の上等の連中とどう見ても頃合いではある」(一九四)

と語られることである。このことは、二つの居住空間の境界線の曖昧さを暗示する。

またミクスン小路は、法の手の及ばない、カースタブリッジの暗部としてカースタブリッジ社会から特別視されているが、カースタブリッジの町自体、果して健全と言えるだろうか。スーザンとエリザベス＝ジェインが初めてこの町に足を踏み入れたとき、町を取り囲む並木越しに見えたランプの明かりは、「内部のすばらしい居心地のよさと楽しさ」を伝えるように思われたが、町に長く住む人間は、「カースタブリッジは古臭え、黴の生えたひでえ土地」だと辛辣に語るように、この町の腐敗は、町長自ら、質の悪い小麦を売るという犯罪的行為に象徴的に示されている。さらに、「風俗壊乱と不法妨害」で告訴されたフルメンティー売りの老婆が、裁判長代理のヘンチャードを彼の過去の犯罪ゆえに忌避したり、「お馬なぶり」の騒ぎの最中、町の治安を維持すべき巡査が、騒ぎを起こした連中の報復を恐れるあまり、職務を放棄して身を隠すような社会が果して健全と言えるだろうか。

「お馬なぶり」は、不義を犯した男女に似せた人形を馬に乗せて町中を引き回す民衆慣習である。それがミクスン小路で計画され、ルセッタはヘンチャードとの過去の秘密を暴かれてショック死し、人生に絶望したヘンチャードも死を決意してテン・ハッチズに佇んでいるとき、そこの深い淵に浮かぶ、「お馬なぶり」の後投げ捨てられた、自分と生き写しの人形を見て、自己の死を読み取るのである。[17]

「お馬なぶり」では、カースタブリッジ社会において最下層に位置する人々が、町の有力者の性的逸脱に制裁を加える。このことは、日頃日陰の存在として社会的に疎外されている人間が、時に発揮する破壊力のすさまじさを思わせる。同様にヘンチャードの妻売りも、老婆が法廷で証言するまで、長い間「ずっと深く埋もれて」、抑圧されていたため、「つい最近の犯罪のような様相」を帯び、「それ以後、彼のなした償いも、もとの行為の劇的な光彩によって姿を消して」(一六五)しまうほど大きな衝撃を町の人に与えるのである。

ミクスン小路は、カースタブリッジの暗部であるが、紛れもなく町の一部であるように、ヘンチャードの過去も切り離すことのできない彼の一部である。言い換えれば、町であろうと人であろうと、部分と全体は有機的な繋がりを持つということである。そして一旦為されたことは取り消すことができないがゆえに、彼は自らの行為の結果を背負って生きてゆくことになる。社会から葬り去られたヘンチャードが、カースタブリッジを最後に去るとき、彼は、「自分にとって単に彩色された風景にしかすぎなかった世界を、もう一度、活動の舞台にする望みはなかった」(二四一)と語られる。リングは、彼が過去と対決した闘技場であり、市場は、彼がファーフレイと対決した「活動の舞台」であった。そして四三章では、町全体が、「カースタブリッジの舞台」と語られ、舞台に見立てられている。このように見るとヘンチャードの人生は、彼が壮年期を過ごしたカースタブリッジを舞台とする壮絶な闘いの人生であったと言えよう。

以上見てきたように、作品の舞台となっているカースタブリッジを巡る言説は、単に外面描写に終わらず、主人公や作品のテーマと密接に関わっている。カースタブリッジの町全体、あるいはその一部についての叙述から、まずヘンチャードとカースタブリッジの相似関係が浮き彫りになる。そして町の風景が順次象徴的に描き出されることによって、物語の展開とともに、彼の闘いの意味内容が漸次明らかにされてゆく。ファーフレイとの対決は、本質的には、穀物取引における方法論の違いであるが、それにとどまらず人間関係、生き方にまで及ぶものであり、そのことは市場を舞台にした逆転劇に示されている。一方ヘンチャードの過去との闘いに関しては、リングや《メイ・ダン》、ミクスン小路が象徴的な意味合いを持つことは、既に見た通りである。このように考えると『町長』は、新旧の闘い、および過去との闘いという二大テーマを、カースタブリッジという町の表象を通して探求した作品と言えよう。

これまで見てきた四作品は、農村共同体や農業によって生きる地方都市を舞台とし、主要人物はほとんどそこに定住する点に共通性が見られた。ところが、世紀末の一八九〇年代に出版されたハーディの最後の二作品『テス』と『ジュード』では、主人公たちはウェセックスの各地を転々とする。つまり彼らが、土地に深く根差した生き方から、近代のデラシネ的な生き方に変わってきているのが大きな特徴として指摘できる。さらにハーディ小説に通奏低音のように流れている新旧の対比というテーマは、次作『テス』では、建築物を対象に道徳的観点から論じられている。その背景には、一体何があるのだろうか。

第五章　『ダーバヴィル家のテス』における建築とモラル

一．建築家ハーディ

父が石工であったハーディは、建築家として人生のスタートを切り、故郷で建築家修業を積んだ後、「より高度な建築の技術と知識を身につけるため」、[1] 一八六二年にロンドンに出て建築事務所に勤め、ゴシック建築の設計士として教会修復の仕事を数多く手掛けた。『窮余の策』（一八七一）や『青い眼』（一八七三）、『微温の人』（一八八一）の主人公は建築家であり、多くの作品で教会修復が取り上げられ、建築用語がメタファーとして多用されている。これらのことを考えると、建築家としての彼の経験が作品に投影されていることは明らかである。

『ダーバヴィル家のテス』（一八九一）では、実にさまざまな建築物が描かれている。マーロット村にあるテス・ダービフィールドの実家、アレック・ダーバヴィル一家が住む《斜面荘》、トールボットヘイズ酪農場の酪農舎、エンジェル・クレアの実家であるエミンスターの牧師館、テスがアレックと同棲する《青鷺荘》、テスとエンジェルが逃避行の途中で泊まる《ブラムスハースト邸》などはその主だったものである。しかしそれぞれの建物の描写を綿密に検討してみると、アレックの住まい《斜面荘》とそれがある土地トラントリッジ、および、《青鷺荘》のあるサンドボーンは、他と比べると、かなり詳細に語られているだけでなく、そこに「揶揄」[2]の響きが聞こえるのはなぜなのか。アレックの人物造形に焦点を当て、このような言説の背景にあるものを探ってみたい。

二．アレックと《斜面荘》

テスの人生における最大の悲劇は、〈御猟場〉での出来事である。彼女は自分の不注意から、一家の生計の手段である馬車馬プリンスを郵便馬車と衝突死させてしまったことで自責の念にかられ、母の勧めに従って、トラントリッジに住むダーバヴィル家を名乗る親戚のもとに援助を求めに行く。彼女が初めて彼らの邸宅《斜面荘》を目にする場面を見る。

周囲の沈んだ色を背景にゼラニウムの花のようにそびえ立っているこの建物、そのはるか背後には、〈御猟場〉の淡い青色をした風景が拡がっていた――じつに神さびた森林で、疑いもなく原始時代の、イギリスにわずかばかり残っている森林地の一つであった。いまだに樫の老木にはドルイド教徒の崇め敬った寄生木を見出すことができるし、また人の手で植えられたものではない巨大なイチイの樹が、枝先を切り取って弓を作った往時そのままの姿を見せて、生い茂っている。……この快適な敷地内にあるものは、すべてが明るく、勢いも盛んで、手入れがゆき届いていた。何エイカーものガラス張りの温室が、斜面にそってその裾野の雑木林までつづいている。あらゆるものが金銭のような——造幣局で鋳造されたての貨幣のような様相を、呈していた。[3]

この引用文でまず重要なのは、後にテスの悲劇の舞台となる〈御猟場〉が、《斜面荘》の背景として言及されていることである。次に目を引くのは、太古の森と《斜面荘》の色彩の対比である。この鋭い対比は、「淡い青色」をした「イングランド最古の森」を借景にして色鮮やかにそそり立つ《斜面荘》が、周囲の古い世界の中に割り込んできた新参者であり、まわりの世界とは相容れない異質な存在であることを象徴的に示す。それは丁度『町長』において、伝統的農法を守る古色蒼然としたカースタブリッジの町に、緑と黄と赤の鮮やかな色彩を施した新式の農機具条蒔き機が持ち込まれた時の農夫たちの大きな衝撃が、町と農機具との色彩の対比によって示されるのと同じである。

さらに、キリスト教の普及以前に絶大な権威を有した聖職者ドルイド僧が神聖視した寄生木が〈御猟場〉の樫の老木に今もなお見られることは、自然が手付かずで残されているということであり、このことは、広大な温室やあらゆる最新設備を備えた厩舎に象徴される《斜面荘》の人工性と際立った対照をなす。邸宅のあらゆるものが、「造幣局で鋳造されたての貨幣のような様相を呈していた」と、アレック一家が金力でのし上がった新興階級であることを痛烈に皮肉る口調も注意を引く。

アレック一家は土地の人間ではない。イングランド北部の商人であったアレックの父サイモン・ストークは、引退後、かつての商売区域から全く離れた南部に在の郷士として住みつく決心をするが、自分の素姓が露顕しないように、ノルマン貴族の血筋を引く旧家ダーバヴィル家に「接ぎ木」して、ストーク・ダーバヴィルという名門の響きのある名を手に入れる。彼は、自分が知られていない遠い土地を選んで前身を隠す工作をするなど、偽装に万全を期するが、《斜面荘》(The Slopes) の slope には「人を欺く」[4]という含意が認められることから、屋敷の名称そのものが、名門ダーバヴィルを詐称するアレック一家の欺瞞性を象徴的に表している。このように、いかがわしい実体(サイモンは、金貸しだったとの噂もある)を見せ掛けの立派さで巧妙に隠蔽するアレック一家は、名実共に偽善者である。

他方、「道楽半分の小さな農園」を備えた現代風の《斜面荘》が、「まぎれもない娯しみのために建てられた」ことは、彼らと土地との関係が享楽主義的であることを示唆する。[5]享楽的なのは、土地との関係ばかりではない。アレック自身も、その容貌から、享楽主義者だと推察される。彼の「浅黒い顔色」、「よく手入れの行き届いた真っ黒な口髭」、「あつかましいぎょろりとした眼」は、肉感的天性を表す、盛り上がった赤くてつややかな唇とともに、放蕩者のイメージを与える。彼は紳士然とした顔つきをしているものの、「外形にはどこか野蛮な感じがあった」ことは、《斜面荘》同様、見せ掛けの立派さが野卑な内面を覆うべくもないことを明らかにする。それればかりか、「何をやらかすか判らない伊達男であり女泣かせだ」という彼の評判は、トラントリッジ界隈の外にまで広まっているほど公然たる事実である。

アレックがテスの訪問時に無理矢理食べさせるイチゴは温室育ちであり、彼が彼女の服に飾るバラは、六月初旬だというのに、この地所では咲き誇っている。つまり《斜面荘》の人工性は、このような早生の植生にも象徴的に示されている。アレックの、自分の楽しみのためだけに自然のリズムを無視するこの傲慢と不遜は、後に、「まだ経験の色に染まっていない、単なる感情の器」にすぎなかったテスを、若い芽のままつみ取ることについても言えよう。

テスは、用向きを終えて帰りの馬車を待つ間、アレックに誘われるままに芝生に張ったテントに入り食事をするが、アレックがその様子を煙草を飲みながらじっと観察する場面では、彼女は、

げんに眼前の眠気をさそうような紫煙の背後に、彼女の人生ドラマの〈悲劇的災禍のもと〉が、……その力をため、隠れ潜んでいることを、見抜くことができなかった。(三〇)

と語られる。この「眠気をさそうような紫煙」は、〈御猟場〉でのテスの眠りを包む深い霧を、〈悲劇的災禍のもと〉はアレックを示唆しよう。テスが《斜面荘》からの帰途の馬車の中で、アレックが彼

女の服に飾ったバラの棘にあごを刺されて悪い予感がするのは、「最初の凶兆」だと語られる。このように最初の訪問時においてすでに、アレックとの出会いが孕む不吉な運命が予示される。

しばらくして《斜面荘》から、養鶏場の面倒をみてほしいという依頼の手紙が届くが、アレックの存在がテスを躊躇させる。さらに手紙の筆跡が、「男性の筆」のようであることも彼女の不安を一層掻き立てる。仮にテスが、家庭の経済的事情から働きに出なければならなかったとしても、もしアレックとの出会いがなければ、そして彼が彼女を自らの邪悪な欲望の対象としなかったならば、彼女の人生は全く違ったものになっていたであろう。アレックがテスにとって「間違った男性」であることが、物語の展開とともに、徐々に明らかになる。

さて《斜面荘》のあるトラントリッジとは、どのような村なのか。

どこの村にも、それなりに独特な個性、体質、しばしば独自の道徳律というものがある。トラントリッジ近辺の若い女たちの中には、いちじるしく軽佻浮薄な者がいたが、それは言わば、この界隈にある《斜面荘》を支配している選良たちの人となりを示す徴しであったとも言えよう。

(四六)

この一節から、アレックはトラントリッジのエートスを具現する人物であることがわかる。さらに驚くべきことに、この土地の度し難い欠陥として大酒の習慣があり、また貯蓄の無益が村の日常会話の話題に上るほど公然と語られる。村人たちの主な楽しみといえば、週末に市場町チェイスバラに出かけて夜更けまで痛飲したあげく、二日酔いを翌日の日曜日に寝て直すことである。テスも一度誘われるままに同行するが、養鶏場での一週間に亘る単調な仕事の後では、他の人たちの浮れ調子にすぐ感染し、再三再四行動をともにするようになる。

そしてこのチェイスバラ詣という酒とダンスに耽溺する享楽的な伝統行事があった夜、〈御猟場〉での出来事が起こるのである。この行事の参加者の一人カー・ダーチは、「先頃までダーバヴィルのお気に入り」であり、彼女の妹ナンシーも、かつてアレックとは、「カーと同様人に怪しまれるような関係」にあったことは、アレックの乱脈きわまる女性関係を明らかにする。チェイスバラにある窓のない倉庫で、床に積った泥炭と干し草の埃がもうもうと舞う中、彼らが熱狂的にダンスに興じる場面は次のように描かれる。

彼らは踊りながら咳き込み、咳き込みながら笑っていた。突進するカップルの姿は、高い所に灯されている明かりと同じようにほとんど見分けがつかない――おぼろげな彼らの群像はニンフを抱きしめるサチュロスか――多数のシュリンクスを引き回す多数の牧羊神パンか、はたまた生殖神プリアポスから逃れようとして失敗ばかりしているロティスか、とも想われた。（四八）

ろうそくの光に照らし出されたもうもうたる埃は、〈御猟場〉に立ちこめる深い霧を想起せずにはいられない。描写が、踊る男女の群像から一組の男女へと移ること、[6]さらにニンフであるシュリンクスやロティス、好色なパン、男根で表される豊饒の神プリアポスへの言及は、テスの迫り来る運命を暗示しよう。チェイスバラのダンスはまさしく、〈御猟場〉での出来事を予兆するものである。

ダンスが果て村に帰る途中、アレックをめぐる女たちのライヴァル意識から喧嘩騒ぎが起こり、喧嘩を売られたテスは追いつめられた気持ちになっていたとき、アレックが突然姿を見せ、テスを家まで送って行くと見せ掛けて彼女を馬で連れ去る。このように村人たちの面前で堂々と彼女を連れ去ることは、メリン・ウィリアムズが言うように、アレックの女性関係が、彼らの間で不名誉な秘密ではなく公然としたものであることを示す。[7]それを見て、「フライパンから飛び出して火中に入る」[8]と言って笑い合う女たちは、彼女の運命を予見しているのであり、「村全体がテスをアレックの手に引き渡した」[9]のだと言える。要するにトラントリッジには、このような性的放縦を黙認するエートスがあるということである。このように見ると〈御猟場〉での出来事は、トラントリッジ特有の土地柄と人間関係の中で起こるべくして起こった悲劇だと言えよう。

三．歓楽都市サンドボーン

テスは私生児の死後、トールボットヘイズ酪農場で働き始め、そこで、牧師の息子であるが酪農の勉強をしていたエンジェルと出会い結婚する。しかし結婚式の夜、アレックとの過去を告白したため、夫はブラジルへ去り、彼女は仕事を求めて各地を転々とする。一方アレックは母の死後、クレア牧師の感化によって回心しメソジスト派の説教師になるが、テスと偶然再会した途端、彼女に言い寄る。しかも彼女と再会するまで、自分は「志操堅固」であったのに、彼女の瞳と「男心を狂わせる口もと」に巡り会ったため抵抗できなくなったと、自分の意志薄弱を棚に上げ、彼女に責任転嫁する。明らかに彼の回心はまやかしである。またテスが母の病気の知らせを受けて故郷に戻ったとき、アレックは、再度、彼女の前に現れ、彼女に向かって、「きみはイブ、そして片やぼくは、下等な動物に身をやつしてきみを誘惑しにやって来た、おなじみの相方」（二七五）だと言う。彼は、自らをサタンと同一視する悪魔的な人物なのである。

さらにアレックは、テス一家が父の死後、家を失い経済的困窮に追い込まれたのを知ると、エンジェルはブラジルから絶対戻ってこないと言って彼女に彼を諦めさせる一方、幼い弟妹たちを思う彼女の情に付け入り、彼女の心を動かしてサンドボーンでの同棲生活に踏み切らせる。それではこの海辺保養地は、どのように描かれているだろうか。エグドン荒野のすぐそばに、「突然魔法の杖のひと振り」

で造りだされたこの「お伽の国」は、こう語られる。

広大なエグドン荒野の東側の張り出し部分がすぐそばに迫っている。が選りによって、まさしくその古色蒼然たる黄褐色の荒蕪地のと切れる境目に、こんな歓楽都市などというきらびやかな新奇なものが、突如芽を吹いたのである。周辺部から一マイルも入れば、起伏の多いその土地はどこをとっても有史前のものであり、通い路はいずれも昔そのままのブリトン人の踏みならした道、そこはローマ皇帝の時代以来土くれひとつ起こされたことのない原野だった。(二九六)

この異国風の新興都市が、有史以前からの姿をとどめるエグドン荒野の古い世界に忽然として出現するさまは、アレックの父が、大英博物館でわずか「一時間ほどかけて」調べた後、由緒あるダーバヴィルという名門の名を見つけて接ぎ木し、ストーク・ダーバヴィルという名を造りだしたその早業を想起せずにはいられない。またサンドボーンと《斜面荘》は、新参者ながら「堂々として」いることにも共通点がある。さらに、「魔法の杖のひと振りで造りだされたお伽の国」というメタファーは、いつ消えるかわからないこの町の脆弱さを表しており、それは、本当の帰依心からではなく一時の気まぐれから回心し、テスに再会した途端、彼女に言い寄るアレックのまやかしの信仰と等質である。

さてヴィクトリア朝社会において、このような海辺の保養都市が人気を博するようになるのは、馬車から鉄道の時代に突入して人々の大量輸送が可能となり、従来の温泉保養地に代わる新しい行楽地の登場を促したからである。[10]この交通手段の急速な変化という時流に乗って生まれた歓楽都市サンドボーンは、「東西二つの停車場をもち、桟橋や、松林、遊歩道、屋根つきの庭園などがある」(二九六)華麗な外観の下にいかがわしい実体を隠す点で、トラントリッジの《斜面荘》を思い起こさせる。

ここは「富と流行」のただ中にある、「イギリス海峡にのぞんだ地中海の保養地」であり、「毎日のように、人の出入りがある」ことは、人口が流動的だということである。またこの町は、「独立した邸宅ばかり」、「下宿屋ばかり」だということは、テスの故郷マーロット村のような村落共同体と違って、人間関係が希薄であることを意味し、アレックのように土地に根を張った生き方をしない人間には恰好の場所と言える。[11]そして重要なのは、ハーディ小説において、彼のように土地との絆を持たない人間は、たとえば『森林地』のチャーモンド夫人やフィッツピアーズのように、多くの場合、道徳的に曖昧な人物として描かれていることである。

ではこれまで見たアレックの人物像や、彼と関係が深い《斜面荘》とサンドボーンについて痛烈に皮肉る言説から、何が読み取れるだろう。興味深いことに『トマス・ハーディの文学ノート』には、ハーディが、古典古代から一九世紀に至る、実にさまざまな分野や資料から、半世紀以上にも亘って蒐集し書き留めた文学メモが記されている。[12]その一つが、「建築は徳性を表したもの」[13]である。このメモから、彼が建築とモラルの関係を意識していたことが窺われる。そしてこれに関連して看過できないのは、ハーディ小説において、建築様式がその建物の居住者との連関で言及される例が散見されることである。たとえば『狂乱の群れ』を例に取れば、オウク、ボールドウッド、トロイという三人の男性との関係において、道義的観点から問題行動が多い女性バスシバの邸宅は、「古典ルネサンス時代の初期の建物」[14]、つまり古典主義建築である。また『町長』では、ジャージー島で愛人関係にあったヘンチャードに、彼の妻の死後、正式の結婚を迫りながら、ファーフレイに出会うとたちまち、この若いスコットランド人に心を移すルセッタの邸《高台館》は、パラディオ式、つまり一八世紀前半にイギリスで流行した古典主義様式である。さらに注目すべきは、ルセッタの屋敷の描写である。建物の正面の立派さとは裏腹に、裏庭の高い塀に開いている戸口は、「町でもほとんど人通りのない小道」[15]へと通じており、この奇妙な、家より古い戸の位置と、戸に彫ってある異様な仮面の存在は、「この館の過去の歴史にまつわるひとつのこと――つまり、陰謀のにおい」[16]を暗示すると語られる。要するにルセッタの邸宅は、そこの女主人同様、いかがわしい過去の秘密を持つのである。これらの例を考えれば、ハーディが建築様式をその建物の居住者の徳性を表すメタファーとして用いていることは明らかであろう。では、建築物とその居住者との関係性には、どのような文化的コンテクストがあるのだろう。

四．建築と思想

前述したようにハーディは、二〇代の初めにロンドンの建築事務所に勤め、ゴシック建築の設計士として教会修復に携わった。一九世紀の建築界では、ギリシア・リヴァイヴァルがその前半を風靡し、ゴシック・リヴァイヴァルが後半を支配した。[17] ヴィクトリア時代に最盛期を迎えたゴシック・リヴァイヴァルは、ホレス・ウォルポール（一七一七―九七）が自邸ストロベリー・ヒルをゴシック様式で建築し、この機運の先駆けとなったように、その萌芽は一八世紀中葉に見られるが、一九世紀に入り、ヴィクトリア時代におけるゴシック・リヴァイヴァルの牽引力となったA・W・N・ピュージン（一八一二―五二）や、『ヴェニスの石』の中で「ゴシックの本質」を論じたラスキンなどの著作に刺激されて建築を中心とする芸術一般に及んだ。ハーディは『トマス・ハーディの生涯』の中で、ピュージンやラスキンに幾度か言及しており、もちろん当時のゴシック理論を知悉していたと思われる。それではなぜピュージンやラスキンは、ゴシック建築の卓越性を主張するのだろうか。

興味深いことにJ・B・ブレンは、建築様式とそれを生み出した社会は密接な関係があると一九世紀には広く考えられていたこと、建築は思想を具現したものというトマス・カーライル（一七九五―一八八一）の考えは、一八世紀にその起源を持つが、ラスキンやピュージンがそれをかなり敷衍し発展させたこと、イギリスやフランスの大聖堂や大修道院は、中世の暮らし方が近代のそれに勝ることの証しだとするピュージンの見方、およびヴェネツィアの教会や宮殿こそ偉大な精神とその後の腐敗を雄弁に物語るというラスキンの見方などを紹介した後、ハーディの覚え書きや折に触れての発言から、彼がこのような認識を共有していたと述べていることは注目してよいであろう。[18]

カーライルは、『過去と現在』（一八四三）において、物質主義が蔓延する当時のヴィクトリア朝社会の混乱ぶりを一二世紀イギリスの宗教的秩序と比較し、相互扶助の中世社会を一つの理想郷と見なした。この対比的手法は、ピュージンが、『対比、即ち中世の高貴なる建築と現代の類似の建築物との比較』（一八三六）の中で用いたものでもある。すなわちピュージンは、一四四〇年と一八四〇年の同じ都市を同じアングルから遠望した姿を併置して、「中世建築、つまり神と和合し、内部的にも調和していた社会の産物と、醜い建築が時代の非人間化と賃金奴隷化を象徴する、近代都市の光景」[19]とを比較し、今日の趣味の劣悪さを示すことによって中世建築の卓越性を主張した。さらに彼は、この対比的方法により、「単に近世から近代に至るイギリスの建築や都市の頽廃を批判しただけでなく、そうした都市や建築を生み出した社会そのもの」[20]をも問題にしたのである。

ところでピュージンは、『対比』の冒頭で、「建築の美しさを判断する重要な基準は、その建物が意図した目的にそのデザインが適っているかどうかということだ」[21]と述べている。この建築の合目的性という彼の機能主義的観点をゴシックの教会建築に当てはめればどうなるだろう。教会は神を礼拝するために建てられたものであり、信仰に必要なものがすべて備わっていなければならない。ゴシック大聖堂は、石という素材を、石の物質性を忘れさせる高みへと築きながら、建物内に天上的イメージを伝える空間を作り上げる。さらに神の属性である光について言えば、多彩色のステンドグラスを通して大聖堂内に入る光は、内部をこの世ならぬ神秘的な光で満たす。[22] また垂直方向への上昇感を示す尖頭アーチは、古典主義の半円アーチに比べて高さを得やすく、「人間の心をより一歩天上へ近づけるような高みへと誘う」[23] ことにより、「石の物質性逸脱を行わせる」、[24] つまり「石を精神化する」。[25] ピュージンがゴシック建築を称揚するのは、まさにそれが、キリスト教信仰を具現するからに他ならない。また彼は、「建築を単なる美的論議や観念的理論だけによって捉えずに、社会の人びとの感情、特に宗教的感情との関連によって捉える」[26] のだが、ラスキンも、建築はそれを生み出した社会のありようを如実に示す、つまり建築と社会の間には有機的な結びつきがあると考える点でピュージンと重なるが、さらに彼は、芸術を人の生き方全体と関連づけて捉える。つまり、「美の感覚は、事物との親密感のうちに起こってくる」[27] という彼の言葉に明らかなように、彼は、美は人間と事物の生きた密接な結びつきの中から生まれると考える。このことに関連して鈴木博之氏は、次のように論じている。

事物との親密感のうちに胚胎した美が、生活の営みの中で調和して存在しつづけることこそ、ラスキンの理想とした芸術であり社会であった。それは有機的な存在と呼ばれる。ラスキンの思想の面で、有機的という概念は、機械的なものと対概念をなしていた。メカニカルとは、文字通り機械を使用する機械的生産であると同時に、人間と事物との間に親密感の存在しないことを指しているようである。ラスキン自身は、古典主義をメカニカルの一種と考えていた。建築の素材を超越して、すべての形態を緻密なオーダーの体系によって律しようとする古典主義は、確かに事物との親密感を消し去ろうとする芸術意志に裏打ちされている。[28]

確かに鈴木氏が言うように、古典主義様式は、ドリス式、イオニア式、コリント式などのオーダーを重視し、オーダーの体系によってすべての形態を律することで理想美を追求しようとする。しかしながらオーダーの体系を厳格に守ろうとする結果、個々の職人が作品を完成させるのに彼の創造力を発揮する余地が少なくなる。ラスキンは古典主義様式について、「建築が既知の規則に基づいて与えられたモデルから制作される限り、それは芸術ではなくて、工場生産である」[29]と断じる。彼は、

> われわれの建築は、われわれが想像しうる完全さにはわれわれが達していないこと、そしてわれわれは、われわれが到達した状態に安んじることができないことを告白しなければならない。[30]

と述べているように、神の手になるものだけが完全さを表現しうるのであり、このような不完全さの告白と変化愛の告白、それを具現するものこそゴシック建築だと考える。たとえば、壁龕の間をあち

らこちらへ彷徨し、尖塔のまわりを熱病患者のように揺れ動いて、然も満足することはなく、また将来も満足することはないであろう、あのゴシック精神の夢想する心の不安こそ、その偉大さを証すものだと彼は論じるのである。[31] 要するに彼は、「不完全でない建築は、真に高貴であるはずがない」[32] として、ゴシック様式を擁護し、中世の信仰と道義心が衰えた結果、ルネサンス様式のような不信と腐敗の建築を生むに至ったとして古典主義様式を断罪する。

また彼は、一九世紀の産業社会における分業という名の下での人間の断片化を批判し、分業による機械生産によって人間の全体性が失われてしまったことを慨嘆する一方で、[33] 中世こそ、人と事物が親密な関係を保ち、権威と服従という「相互関係と相互依存」[34] によって支えられた「有機的な」理想社会だとした。以上のことから、ピュージンとラスキンに共通して窺われるのは、中世への憧憬と、建築を思想と密接不可分の関係で捉える考え方である。もっとも両者は、信仰の問題では相反する立場にあった。つまりピュージンは、カトリシズムのために、ラスキンは、プロテスタンティズムのために、ゴシック擁護論を弁じたことはよく知られている。

五．ハーディとゴシック

では、ハーディとゴシックの関係はどうだろう。彼が建築様式をメタファーとして作品中で多用することは、先に触れた通りである。もっとも彼は、建築において幅広い訓練を受けており、「堅苦しいゴシック信奉者」[35]ではなかったことは、ハーディ自身の言葉からも窺える。たとえば、ヴィクトリア時代を風靡したゴシック・リヴァイヴァルの熱狂は、英国の自然風景や町並みを一変させるほどすさまじいものであったが、ハーディは、一八九五年版の『青い眼』の序文で、

次の各章が書かれたのは、熱狂的な、見境のない教会修復の運動が、イギリス西部のもっとも辺鄙な土地にまで及んだときのことである。それまでの長い間、この辺りの海岸沿いの荒涼とした、物悲しげな佇まいは、点在する教会の粗野なゴシック様式と完璧に調和していて、そこに少しでも新しい試みが加えられることは、異常な不調和を醸しだすこととなった。その精神は消え失せているというのに、中世趣味の灰色の残骸を修復するというのは、周りの険しい岩山そのものを新しいものにしようとするのに劣らない、あい矛盾する行為に思われた。[36]

と述べて、教会修復熱に異議申し立てを行っているからである。また彼は、「古建築物保護協会」の総会における「教会修復の思い出」（一九〇六）と題する講演で、

もし英国にある中世の建物が皆その時点で、そのままに放って置かれ、年月や風雨にさらされて、

荒れ放題になっていたなら、今日もっと多くの建物が残っていたことでしょう。その間に何百万ポンドを名ばかりの「保存」に使ってしまうよりは。[37]

と語り、保存の名のもとに古建築を損なう芸術破壊行為を戒めているからである。

修復熱に対するこのような彼の批判的態度は、『ジュード』においてもはっきり認められる。メアリーグリーン村生え抜きの教会が解体され、その代わりに、「イギリス人の眼になじみのうすい近世ゴシック風の高い新建造物が、ロンドンから日帰りで来たある史蹟抹殺者の手によって、別の地所に建てられていた」[38]と手厳しく批判されているからである。

他方ハーディは、ロンドン時代にゴシック建築について多くを学んだ経験から、建築と詩の間の類似性に気付く。

建築技法と詩の技法のあいだには、（ハーディの言葉で言えば）密接かつ綿密な相似があるのだと。これら二つの技法は、他のものとは違って、その芸術的な形式の内部に合理的意味を備えていなければならないのだと、彼は考えたのである。建築においては、巧緻な不規則性には非常な価値があると、ハーディには分かっていた。その上で彼が、それを詩の中に、幾分は無意識のうちに、持ち込んだことは明らかである。彼がかつて教えを受けたゴシック様式の技法原理――モールディングや狭間飾りなどに見られる偶発性の原理――は、ハーディの韻律やスタンザの「予見できない」（と言われてきた）性格、すなわち、シラブルよりもストレスの、あるいは詩の外観よりも詩の構成の、意外性を形成するのに生かされた。[39]

引用文中の「巧緻な不規則性」という原理は、ピュージンの機能重視やラスキンの独創性重視の考え方がその背景にあり、[40]ハーディはゴシック建築の技法原理を積極的に自己の詩作に取り込むことにより、意表をつくような韻律やスタンザを生み出した。つまり彼は、自己の詩作において、ゴシック建築の技法原理から多大の影響を受けていることを認めているのである。

以上見てきたようにハーディは、当時の熱狂的なゴシック熱を一定の距離を置いて見ていたが、ゴシック様式の優れた点は高く評価していた。言い換えれば、彼はゴシックに対して是々非々の態度で臨んだと言えよう。『テス』における《斜面荘》とサンドボーンの叙述には、建築と道義心は分かち難く結びついているというゴシック理論家の考え方が色濃く反映されており、このことは、ハーディのゴシックに対する肯定的態度の一例として見ることができる。

これまで見た第一章から第五章まで、風景は作中人物との密接な関わりの中で描写されていた。ところが次作のハーディ最後の小説『ジュード』になると、人と自然の関係に驚くべき大きな変化が生じている。この変化は何によるものなのか、また意味するところは何なのか。このことを、主人公のわずか三〇年の短い生涯に焦点を当てて考えてみたい。

第六章　『日陰者ジュード』
――鉄道が表象する世界――

一．鉄道の前景化

ハーディが生まれた一八四〇年代に、イギリスの鉄道網は飛躍的に拡大した。彼の小説の大部分は鉄道時代に設定されている。つまりその小説世界は、

鉄道が敷設され、一ペニー郵便制が普及し、草刈機や収穫機が用いられ、救貧院制度が完備し、黄燐マッチが使用され、読み書きのできる労働者が生活し、国民学校の学童たちの遊ぶ、近代的〈ウェセックス〉[1]

を舞台に展開する。ところが、作品によって鉄道の扱いが大きく違う、つまり作者の意図的なテクスト操作に委ねられていることは何を意味するのだろう。たとえば『町長』の場合、カースタブリッジ

への王家の方の訪問―ハーディは序文で、ここで語られる三つの主な出来事は史実に基づくと述べており、王家の方の訪問はその一つである――は、実際は列車で行われたが、[2] 小説世界では馬車での訪問となっている。それは、「当時、鉄道はカースタブリッジのほうへ延びてきていたが、まだ数マイル先に達したばかり」[3] であり、この町が「モダニズムのかすかな片鱗にさえもまだ触れていなかった」[4] という時代設定に因る。

一方『テス』においては、主人公たちがウェセックスの各地を移動する手段は、ほとんど馬車か徒歩に限られる。そして鉄道が言及される場合も、たとえばトールボットヘイズ酪農場で働くテスとエンジェルが、牛乳の大消費地であるロンドンの人たちのために荷馬車で牛乳缶を鉄道駅まで運ぶ場面で、

近代生活は、一日に三、四回その蒸気の触手をここまで伸ばし、この土地の生活に触れたかと思うと、あたかも触れたものが自分の性に合わないとでもいうように、あわててまたその触手を引っこめてしまうのである。[5]

と語られることは、二人の生活の場である酪農場が、停車場を介して大都会と繋がっているとはいえ、如何に近代生活から隔絶した牧歌的世界であるかを強調するためである。

ところが『日陰者ジュード』(一八九五)においては、主人公たちがウェセックスの各地を鉄道で移動する場面は枚挙に遑が無い。ジュードとスーは、ウォーダワ城への遠出に、あるいは、メアリーグリーン村にいる大伯母の病気見舞いや葬儀の折、鉄道を利用する。またストーク・ベアヒルズの大ウェセックス農業ショーを見物するため、大勢の人が遊覧列車で押し寄せる。

このように『ジュード』において、鉄道が最大限に利用されることは、他作品と比較すれば、瞠目に値しよう。たとえばサイモン・ギャトレルは、この作品における鉄道時代の前景化に着目して、鉄道の発達が伝統的な農村共同体の崩壊をもたらしたという観点から、孤児ゆえに属すべき共同体を持たないジュードが、根無し草的に各地を遍歴するのは、自己実現を果たすことのできる共同体を求めるからだと論じている。[6] もっとも彼の論においては、鉄道はあくまで輸送機関として考えられている。しかし各作品での鉄道の扱いが、作者の意図に大きく左右されることから判断すると、単なる輸送機関とは考え難い。では鉄道は、一体何を表象するのだろう。

二. 人と風景の乖離

『ジュード』においては、それまでのハーディ小説と違って、「自然」が大きく後退しているばかりでなく、人と「自然」との繋がりが希薄である。それを象徴するかのように、主人公たちは土地との絆をほとんど持たず各地を転々とする。物語は学校の先生が村を去る場面から始まり、先生を見送るジュードは、南ウェセックスから、北ウェセックスのメアリーグリーンにやって来た孤児である。やがて彼は、学問の道を目指してクライストミンスターへ、聖職の道を目指してメルチェスターへと移り住む。テクストにおいて場所の「移動」が持つ重要性は、六つの「部」のタイトルがすべて、「メアリーグリーンにて」、「クライストミンスターにて」などと地名で表記されていることからも明らかである。

さらに注意を引くのは、主人公たちにはまわりの景色が眼に入らないという状況がしばしば語られることである。たとえばクライストミンスター大学入学に備えて勉学に励むジュードが、週末に石工の仕事を終えて町を出る場面は、次のように描かれる。

彼は歩きながら時々、右手にも左手にもほの見える田舎の景物に顔を向けたが、しかし実のところ何も眼には入らないのであった。こんなことは、彼が何かにそれほど没頭していない時にも、習慣のように彼の行っていた振舞の、自動的な反覆にすぎなかった。自分の勉強の進み具合を胸算用することだけで彼の注意は一ぱいだったのだ。[7]

またジュードが、結婚後間もなく喧嘩別れしたアラベラと、クライストミンスターの酒場で偶然再会して一夜を共にした翌朝、町の大通りに建ち並ぶコレッジ群の絵のような美しさは、彼女と縒りを戻した経験に対する浅ましい思いが甦ってきて、「彼の目から掻き消えてしまった」のである。さらに、オールドブリッカムで同居中のジュードとスーが、各々の離婚判決が決定された解放感から外出する時の光景は、

今は一面霜が降り、広々とつづく種を播くばかりにした畑には緑の色も芽生えもみられなかった。それでも二人は、彼ら自身の境遇にすっかり心を奪われていたので、周囲の有り様などにはほとんど気がつかなかった。(二〇四)

と描写される。これらの叙述に共通するのは、人と風景の乖離である。

ところが『テス』においては、状況は異なる。アレックとの一件後、故郷に戻り私生児を産んだテスが、人目を避けるため日没後散歩に出かけ、悔恨の情にかられながらも孤独を癒すとき、

こうした淋しい丘や谷間にあって、まるで動きを止めたように静かに滑ってゆく彼女の動きは、その中を突き抜けてゆく天地の要素そのものと一体をなしていた。ひそやかな、うねるような彼女の姿態は、風景全体をかたちづくる不可欠の一部と化した。[8]

と描かれる。テスは「自然」と調和しているのである。

このように、内面の思いに囚われている状況はテスと同じであるのに、ジュードやスーにはまわりの風景が眼に入らず、それから切り離されている。このことは、ジュードの次世代リトル・ファーザー・タイムになると、一層際立ってくる。

作品中、かくも頻繁に行われる鉄道旅行の中で最も印象深いのは、何と言ってもリトル・ファーザー・タイムの旅であろう。彼はシドニーから、ロンドンにいるアラベラのもとに送られ、到着するとすぐ、鉄道小荷物のように次の汽車でジュードのもとに送られる。「何を見ようと一こう気にとめる様子はない」この少年は、次々と移り変わる車窓の景色には目もくれず、「汽車が着いて駅名が呼ばれた時すら、目を窓に向けようともしなかった」（二一八）。そればかりか、

彼にとって、家や柳や、むこうに広がる既に日陰になった原っぱは、実際に人の住んでいる煉瓦づくりの家とか、刈込んで手入れをした樹木とか、牧草地などには見えないで、抽象的な住居、抽象的な植物、ただ広くて暗い世界、というものに思われたのである。（二二〇）

と描かれるように、ジュードとスー以上に、まわりの景色が眼中にないリトル・ファーザー・タイムにとって、驚くべきことに、現実世界は抽象と化しているのである。少年は、「環境からの疎外」の

究極の表象だと言えよう。

「環境からの疎外」と言うとき、興味深いのは、当時の鉄道をめぐるさまざまな言説である。たとえばヴォルフガング・シヴェルブシュは、鉄道時代を次のように論じている。われわれは鉄道旅行によって「人間と自然との間の生きた関係を喪失」[9]してしまった。産業革命前の、通過してゆく風景と親密だった伝統的な旅で、「旅人と交通機関と旅との間にあった自然に即した関係」[10]を新技術は終らせた。鉄道旅行では旅の空間が消えてしまい、「鉄道の知っているのは、ただもう出発地と終着地のみである」。[11] このように鉄道は、まさしくラスキンが言うように、「旅人を人間の形をした小荷物」[12]に変えてしまい、目的地に運ぶだけなのである。要するに鉄道は、風景の消失により、「環境からの疎外」をもたらしたと言えよう。

さらに本格的な鉄道時代を迎えて、「国民の意識に速度の観念を注ぎ込んだのは、ヴィクトリア朝の技術革新の中ではなによりも鉄道であった」。[13] 人々は、馬車時代には想像もつかなかった、鉄道の加速し続けるスピードに「不安」を募らせた。しかし彼らの「不安」は、スピードにのみ向けられたのではない。小池滋氏は、一八三〇年の、リヴァプール・アンド・マンチェスター鉄道の開通式での「ロケット」号事件（祝賀列車の招待客の一人であったリヴァプール選出の代議士ウィリアム・ハスキッソンが、列車が一時停車したとき、線路上に降りたところを、反対方向に向かう列車「ロケット」号にはねられて落命した事件のこと）に関連して、一九世紀の人間が産業科学に対して抱いた感情は、ちょうど現代のわれわれが原子力に対して抱いているそれと似ていて、あこがれと疑惑、驚異と嫌悪、賛歎と反発というような相矛盾した反応であり、しかもそれを観念としてではなく、実感と体験から抱かされたのだ。[14]

と述べて、科学技術の急速な進歩と発展が人間に計り知れない夢と希望をもたらすと同時に、大きな危険性をも内包することを人々に教えたと言う。[15] 科学技術の発達は、未来への前進を約束するものであるが、他方人々は、そのめざましい進歩に対して「不安」を払拭できないのである。要するに鉄道は、単なる交通機関ではなく、人間の心に「不安」を掻き立てるものとして意識されたのである。

こう考えると鉄道は、「環境からの疎外」や「不安」の表象として捉えることができる。そうなれば、『ジュード』の作中人物の「環境からの疎外」や「不安」は、鉄道によって表象されると言えよう。

三．ジュードの社会的不安

『ジュード』は、学者、聖職者を志しながら、二人の女性アラベラとスーとの掛り合いによって、また学問の厚い壁に阻まれて、その夢を果たすことなく夭折する貧しい石工ジュード・フォーレイの物語である。しかしながら彼の挫折は、彼の「二つの大敵──女に弱いことと、酒に溺れること」や、「社会の規範」に起因するだけでなく、他の要因も絡んでいると思われる。なぜならジュードは、数々の苦難を経て記念日で賑わうクライストミンスターに舞い戻ったとき、群衆の前で、「おそらく結局わたしは、今日非常に多くの人々を不幸にしている、心的にも社会的にも不安な精神のくだらない犠牲だったのでしょう」(二五八)と語っているからである。では、ジュードが駆られた「不安」とはどのようなものだろう。

少年ジュードが、初めて生に対する漠とした「不安」と恐怖に囚われるのは、鳥追いの仕事で雇われていたトラウザムの畑で、麦をついばむ烏に共感と同情を寄せたばかりに農場主の怒りを買った時である。このとき彼は、「生きとし生けるものの中の或る一組に施す慈悲は、他の組にとっては残酷な仕打ちになる」(一七)という恐ろしい自然界の道理を思い知らされ、それは彼の調和感を不安にする。

彼が働く畑の、「耙《まぐわ》でおこした新鮮な畦すじの列が、新しいコールテン地の溝筋」(一三)のように広がる風景は、この村の昔の歴史を悉く除去してしまった感がある。もっとも、「このあたりの土くれ一つ、石ころ一つ」にも有り余るほどの連想が付着しているのだが、わずか一年前にこのメアリーグリーン村に来たばかりのジュードは、そのようなことを知る由もない。彼がここを、「何て厭な所だろう!」と嫌悪感を募らせるのは、この風景の中で疎外感を抱いているからに他ならない。このように幼い頃から生に対する「不安」を抱き、村の自然環境から疎外される主人公の姿は、彼の受難の人生を予示的に示していると思われる。

孤児として大伯母のもとに身を寄せているものの、厄介者扱いされ、慣れない土地で土地との絆を見出せず孤立感を深めていたジュードが、「何か碇を下ろして、そこに縋りついていられるものを見つけたい」（一一三）と、心の拠り所を求める気持はいつしか、学問の殿堂クライストミンスターへの憧れとなる。ジュードは、大伯母から「本狂い」と言われるほど、「読書に対する純粋な愛」を持っていた。彼は、大伯母のパン屋の仕事を手伝うかたわら、大学入学に向けて勉学に励むが、勉学のめざましい進歩から得た自信は、クライストミンスター大学への入学さえ叶えば、ゆくゆくは神学博士、いや僧正にだってなれないことはない、そして、「光明と先駆のあの大殿堂――あの窓ガラスを透かしていつか世間を見下すようになるかも知れない」（七一）と、彼の野心をいやがうえにも煽る。

けれども貧しい石工の身ゆえ、ジュードは独学に頼る以外に術はない。彼は「労働の合間の数分の暇を惜しんで」、さらに睡眠時間を切り詰めて読書に励む。テクストは、彼が読む夥しい数にのぼる書物を列挙することによって、独学の彼が困難な状況のもとで知識の獲得に邁進する姿を浮き彫りにする。その一方で彼は、

いくら読書を愛しても――今時の労働者は誰でも読書ぐらいの趣味は持っているんだから――凡

人の域を脱することも、珍しい思想を得ることもできないのではないかと感ずることも度々だった。(五六)

のである。実際にクライストミンスターで暮してみると、「あそこへゆきさえすれば、あとは単に時間と根気の問題にすぎない」(九四)というかつての自信も揺らいでくる。さらに、これまで実際的な面に注意を払わず、「〈独学〉という徒らな労働に自分の余暇を使いつくすことが、結局、何の役に立とう?」(九二)との徒労感や、自己流の勉学を積み重ねた者が、専門の教師のもとで研鑽を積んだ者と競争しなければならない絶望感にも襲われる。

しかしながら、ジュードが抱いたこのような「不安」や焦燥は彼だけのものではないことは、テクストから明瞭に読み取れよう。まず彼は、自分の苦境を学寮長に訴える手紙を投函後、「この節あちでもこっちでも見かける」類の依頼状ではなかったかと、投函したことを悔いる。次に彼は、学寮長から、「あなた自身の境界にとどまり従来の職を守る」方がよいとの返事を受け取ると、衝撃のあまり、町に飛び出して「四つ辻」に立ち、「自分みたいな苦学奮闘の人間でこの十字路に立った者がどれほどいたろうか」(九六)と、同じ境遇に呻吟する者を思いやる。さらにクライストミンスターの夢が潰えた後、再度その地を踏むとき、彼が群衆に向かって、若者が自分の人生行路を自分の適性や傾向を考えずに取るべきかどうかについて、「それはわたしがとり組まねばならない問題であり、何千もの人々がこの上昇の時代の、正にこの瞬間にも考えつつある問題であります」（二五七）と弁じるのは、このことが、個人的な問題ではなく、彼が生きる時代の、多くの若者が共有する問題であることを明らかにする。

しかし硬直した教育制度は、「お金も機会も縁故もないけれど学問への情熱だけは持ち合わせている」（一一一）、彼のような石工に門戸を開こうとしない。学寮長の、石工の職に留まるようにとの忠告はまさしく、階級社会の閉鎖性を示すものである。これを契機に大学志望を断念するとき、彼はもはや「社会的成功」に自分の人生を賭けようとは思わず、「何か善い行い」をしてみたい、聖職に任命されなくとも、「同胞に道を説き善を行う」ことができるのではないかと改めて考え始める。その時の彼の言葉を引く。

ゆくゆくは監督にまで登りつめてみたいという気持になっていた以前の空想は、その実、倫理的な熱意でもなく神学的な熱誠でもなくて、袈裟を着込んで闊歩してみたいという俗な野心にすぎないのだ。もっと高尚な本能に基礎を持たない、そして文明の人為的な産物にすぎない一種の社会的不安から、もともと彼の計画全体は発生したのではなかったかも知れないが、今は結局、そういう種類の不安に成り下がっていはしまいかと彼は恐れた。（一〇二）

ここで語られているのは、彼の教育計画の出発点にあったのは純粋な学問的情熱ではなく、社会的成功への野心ではなかったかとの思いであり、さらに彼が、「社会的不安」に言及していることにも注目したい。

確かに、ジュードには自負があった。彼は、クライストミンスターでの生活を支えるため、収入の道として石工の仕事に就くべく、アルフレッドストンの石工のもとに徒弟奉公に出たとき、「こんな技を身につけるのもただ一時、よりかかる突っかい柱としてにすぎない」(三二)、自分にもっとふさわしいと自惚れているもっと大きな夢を実現するための、かりそめの仕事にすぎないと考える。この自負ゆえに、彼に幾度か啓示的瞬間が訪れるにもかかわらず、それは生かされず、その場限りのものになってしまうのである。

その最初は、彼が大学町に到着した翌朝訪れる石材工場においてである。その場面は、

一瞬間、ジュードの上に真の光明が訪れた、――あの荘重な大学の内部で学問の研究なる美名のもとに威厳づけられている努力に劣らず値打ちある努力の中心が、この石材工場に在るのだという啓蒙が――。しかし彼は旧来の観念に押されてその悟りを失うのであった。(六九)

と語られる。次にこの町で暮す中で、年来の計画を綿密に再検討してみて、それが如何に無謀なもの

であったかを思い知った後、シェルドニアン・シアターから、パノラマ風に広がる大学の建物群を眺め渡すとき、彼は、「自分の運命は、ああした物のあいだに在るのではない、彼の下宿している見すぼらしい場末の、筋肉労働者たちのあいだに在るのだ」（九五）と覚醒するのである。

然るに彼が、石工の仕事を一生の仕事として考えることができず、「前の親方に推薦してもらったお蔭で当てがわれることになる仕事なら何でも引き受けてみよう、しかしただ当座一時の事としてのみ引き受けてみよう」（六九）と考えるのは、「不安という近代の病弊」が彼にはこういう形で具現したのだとテクストは説明する。それは彼が、ここでの仕事が、「せいぜい複写と補綴と模倣」にすぎず、自分の知的欲求や社会的野心を満足させるものではないことを知っているからであり、またクライストミンスターという「こり固まった幻影みたいなもの」に取り憑かれているからでもある。

このようにしてジュードは、石工の職を固守しなかったばかりに放浪生活に追い込まれるが、最後にクライストミンスターに流れ着いたとき、群衆にこう語りかける。

「わたしは闇の中をまさぐり、先例に従うのではなく、本能にたよって行動しながら――いろいろな信念の混沌の中にはまり込んでいます。八年か九年前、始めてここに来たとき、わたしはさまざまの固定観念を整然とたくわえていました。だが、そんな観念はひとつひとつ脱落してゆき、遠くへ行けば行くほど確信を失ったのです」（二五八）

この一節は、新旧の価値観が複雑に交錯する、混沌とした近代社会において、「不安」と疑念を抱き、暗中模索しながら、いまだ確固たる自らの価値観を定めえないジュードの姿を浮き彫りにする。

このように見ると彼の挫折は、二人の女性との掛り合いや「社会の規範」もさることながら、変動期の社会にあって、多くの人々を不幸に陥れている不安な精神ゆえに、石工としての地歩を固めることができなかったことが大きな要因であることは明らかであろう。そして鉄道は、すでに見たように、「不安」の表象と考えられることから、絶えず動き続ける鉄道が小説空間に張り巡らすネットワークは、社会的疎外の中で「不安」を掻き立てられて各地を放浪するジュードたちが辿る軌跡と言えよう。

四．時代精神としての「不安」

ジュードが抱いた「不安」は、彼だけのものではないことはすでに述べたが、このことに関連してマイケル・ミルゲイトは、興味深いことに、次のように論じている。

この小説を特徴づける「不安」は、「不安という近代の病弊」を表象しており、この語句は、農村生活の伝統的様式の崩壊や、作品中で重要な役割を果たす鉄道がもたらした物理的移動の容易さだけでなく、マシュー・アーノルドが言う「現代生活のこの奇病」、[16] つまり時代の精神的、知的崩壊をも包摂する。[17]

「農村生活の伝統的様式の崩壊」に関しては、一九世紀後半の社会的流動性を鮮烈に描くものとして、『テス』の五一章やハーディのエッセイ「ドーセットシアの労働者」(一八八三)が挙げられる。『テス』では、

この土地では、年に一度のこうした農場から農場への移動は増加の一途をたどっていた。テスの母親がまだ子供であった頃は、マーロット近辺の百姓たちの多くは一生涯、父の代、また祖父の代にも彼らの住み処であった一つの農場に留まっていたものだ。が近頃では、年々、移動を求める欲望がかなり高まってきていた。比較的若い世帯にとって、それは、ひょっとすると有利にはたらくかも知れないという、愉快で賑やかな刺戟でもあった。ある家族にとっては苦難の地であるエジプトも、それを遠くから眺める別の家族にとっては約束の地であるが、しかし、いざ移り住んでみれば、また今度は、そこが彼らの苦難の地エジプトとなってしまう。こんなわけで、彼らは次から次へと移住を繰り返すのだった。[18]

と描かれている。ここには、移住性を持つ労働者層、特に若年層が、変化や刺戟を求めて根無し草のように毎年農場から農場へと渡り歩く姿が示される。「不安という近代の病弊」は、『テス』においては、農業労働者の大移動となって具現する。そして当然のことながら彼らは、このような度重なる移住の結果、「土地との接触感やその土地への古くからある参加の意識」[19]を失って文字通りデラシネとなり、帰属感を失ったことがまた移動の連鎖を引き起こす。このように考えると、テスが、トールボットヘイズ酪農場で、「漠然と、生きていくってこと」に対して抱いた「不安」は、まさにこの、「ほとんど時代の感情と呼んでもかまわないほどのもの、近代の疼き」[20]に他ならない。

ところで、ミルゲイトの引用文中の「現代生活のこの奇病」は、アーノルドの詩「学生ジプシー」（一八五三）の一節である。この詩作品と『ジュード』の間には、「豊かな才能と聡く独創的な頭を持った貧しい学徒が、登竜の門を叩くに倦き、オックスフォード周辺を放浪する」[21]点に類似が認められる。もっともジュードは、アーノルドの詩において、「僕らの道は避け、僕らの熱病が移らぬよう逃げ給え！／僕らの精神の苦悶は　すぐ人に感染し、／何の幸せも与えず　却って平安を奪うから」[22]と歌われている「熱病」の感染を免れることができなかった。クライストミンスター（現実のオックスフォードのこと）の方角から吹いてくる微風と共に、鐘の音、都の声が、微かではあるが、「ここでは幸せだよ！」と呼びかけたとき、彼は応じてしまうからである。オックスフォード運動の中心人物たちが説いた教えのこだまは、「日蔭のような故郷に埋もれていた彼にさえ感化を及ぼした」（六五）。フィロットソン先生も学位取得を目指して村を出た。ジュードも、「ちっぽけな退屈な」メアリーグリーンではなくて、「思想と宗教のまたとない中心で——この国の智慧と霊魂の穀倉」（九二）だと彼が信じるクライストミンスターこそ自分にふさわしいと考える。だがこの大学町で、挫折と幻滅を味わった後、知的先達スーの感化を受け、彼は因習的なものの見方から次第に解放される。ところが子供たちの悲劇の後、スーが精神的崩壊を来して彼を捨てたため、彼は、「精神の苦悶」の果て、みずからの生を呪って死ぬ。学生ジプシーが不滅の生命を得るのとは対照的に。

このようにジュードは、かつての安定した農村共同体が崩壊してしまった時代に生きる、知的に目覚めた労働者として、時代精神とも言うべき「不安」に突き動かされて社会的上昇を試みるが、宿願を果すことなく斃れる。彼の「社会的不安」は、テスの「近代の疼き」や学生ジプシーの「熱病」と根源において等質のものである。

五．「不安」を具現するもの

それでは「不安」は、小説空間でどのように具現し、物語展開と関わっているだろうか。まず目を引くのは、夫婦関係の不安定さである。この小説では、最初の二組の結婚、つまりジュードとアラベラ、フィロットソンとスーの結婚生活がそれぞれ破綻した後、ジュードとスー、カートレットとアラベラが結ばれ、それぞれが離別、死別を経て、最後にまた元の相手と再婚するように、結婚相手の組み替えが目まぐるしく行われる。

さらに主人公たちの不安定な夫婦関係は、彼らの心にも大きな影を落とす。ジュードが、妻帯者でありながら、フィロットソン夫人となったスーに道ならぬ恋をしたり、あるいはアラベラが、ジュードの法律上の妻でありながら、別居後、イギリスから遠く離れたオーストラリアで重婚し、夫が死ぬと、またジュードを取り戻そうと画策するのは、こうした不安定な関係が影響していよう。

次に「不安」は、作中人物の絶え間ない物理的「移動」という形をとって現れる。ジュードは、アラベラとの結婚生活が破綻後、初志貫徹のため、メアリーグリーンからクライストミンスターへ赴く。大学から冷たく拒否されると、聖職の道を目指してメルチェスターに移り住むが、スーへの愛に生きるため、聖職の道も断念する。一方スーは、クライストミンスターでの教会関係の仕事を辞めメルチェスターの師範学校に入学する。結婚後、助教としてシャストンに住むが、夫との形だけの結婚生活を捨てジュードとオールドブリッカムで同棲する。二人は、結婚していないカップルとして周囲から経済的・心理的圧迫を受け、追われるようにこの町を去る。彼らはジュードの渡り仕事で糊口をしのぎながら、「住所不定の、ほとんど遊牧民ふうな生活」を始めるが、最後には、ジュードにとって「宇宙の中心」であるクライストミンスターに再び引き寄せられる。

要するに「不安」は、心的なものだけでなく、不安定な人間関係や絶え間ない空間的「移動」として小説世界で形象化されていることは、「不安」は、作中人物の生のありようを象徴的に示していると言えよう。

以上見てきたように、「社会的不安」に駆られたことが、ジュードの挫折の一大要因であった。そしてこの「不安」は、小説空間において、主人公たちの夫婦関係の不安定、および、彼らの度重なる空間的、物理的「移動」として形象化されている。さらに、この「移動」手段としての鉄道の重要性は、閉ざされた空間という密室性にある。すなわち、その密閉された空間は、石工ゆえに階級の梯子を登ることを許されず、死ぬまで石工の身分に甘んじざるをえなかった階級社会の閉鎖性を、次いで鉄道の加速し続けるスピードは、彼らが流動化の激しい近代社会のなかで募らせた「不安」を表象する。さらに鉄道は、かつてはゆっくり堪能された旅の空間を抹殺し、旅行者を外界から切り離すことから、鉄道旅行による風景の消失は、主人公たちの「環境からの疎外」を表象すると言える。

ハーディ小説の中で、鉄道時代が前景化された『ジュード』においては、鉄道は単なる輸送機関ではなく、主人公たちの「環境からの疎外」や「不安」、さらには階級社会の閉鎖性を表すメタファーとして機能し、彼らの流浪の人生そのものを表象するのである。

注

序章

1 Thomas Hardy, The Author's Preface of 1895-1902 to *Far from the Madding Crowd*, ed. Ronald Blythe (Harmondsworth: Penguin, 1978), 47. 以下、この作品からの引用はこの版を用いて本文中に頁数で示す。訳文は、高畠文夫訳（角川書店、一九六九）による。

2 *Ibid*., 48.

3 Florence Emily Hardy, *The Life of Thomas Hardy, 1840-1928* (London: Macmillan, 1962), 52. 訳文は、井出弘之他訳（大阪教育図書、二〇一一）による。

4 Norman Page, ed., *Oxford Reader's Companion to Hardy* (Oxford: Oxford UP, 2000), 291.

5 *Ibid*., 289.

6 *Ibid*., 464.

7 *Ibid*., 289.

8 F. E. Hardy, 185.

9 *Ibid*., 185.

10 *Ibid*., 216.

11 *Ibid.*, 38.

12 David Cecil, *Hardy the Novelist: An Essay in Criticism* (London: Constable, 1943), 56. 訳文は、小田稔、宇野秀夫訳（郁朋社、二〇〇四）による。

13 David Lodge, *Working with Structuralism: Essays and Reviews on Nineteenth and Twentieth Century Literature* (London: Routledge, 1981), 99.

14 Andrew Enstice, *Thomas Hardy: Landscapes of the Mind* (London: Macmillan, 1979), 1-180.

第一章

1 James Richardson, *Thomas Hardy: The Poetry of Necessity* (Chicago: U of Chicago P., 1977), 1-6., Susan E. Lorsch, *Where Nature Ends: Literary Responses to the Designification of Landscape* (London and Toronto: Associated UP, 1983), 21., I. A. Richards, *Poetries and Sciences: A Reissue of Science and Poetry (1926, 1935) with Commentary* (New York: Norton, 1970), 67 などを参照のこと。

2 James Gibson, ed., *Thomas Hardy: The Complete Poems* (London: Macmillan, 2001), 61. 訳文は、内田能嗣他訳『トマス・ハーディ全集 詩集I』（大阪教育図書、二〇一一）による。

3 Lorsch, 81.

4 たとえば、F. E. Hardy, 285 に記されたメモ、「風景の中にあるもの——たとえば樹々や丘や家々など——の表情や性質に我知らず注意を向けてしまう」は、ハーディが自然物に感情移入せずにはいられない心的態度の持ち主であることを窺わせる。

5 Philip Wayne, M. A. ed., *Wordsworth's Poems* (London: Dent, 1907), 133. 'The Rainbow' の一句。

6 Gibson, 61.

7 F. E. Hardy, 153.

8 Richard L. Purdy and Michael Millgate, eds., *The Collected Letters of Thomas Hardy*, vol. 1 (Oxford: Clarendon, 1978), 1.

9 Lennart A. Björk, ed., *The Literary Notebooks of Thomas Hardy*, vol. 1 (London: Macmillan, 1985) の 1376, 1377, 1380-82 の項を参照のこと。

10 F. E. Hardy, 38, 172, 193, 235 を参照のこと。

11 *Ibid.*, 50.

12 Tom Paulin, *Thomas Hardy: The Poetry of Perception* (London: Macmillan, 1975), 18.

13 J. B. Bullen, *The Expressive Eye: Fiction and Perception in the Work of Thomas Hardy* (Oxford: Clarendon, 1986), 63.

14 John Ruskin, *The Stones of Venice*, vol. 2 (London: George Allen, 1904), 186. 訳文は、内藤史朗訳（法蔵館、二〇〇六）による。

15 T. Hardy, *Madding Crowd*, 175-76.

16 Thomas Hardy, *The Mayor of Casterbridge: A Story of a Man of Character*, ed. Phillip Mallett (New York: Norton, 1977), 23. 訳文は、上田和夫訳（潮出版社、二〇〇二）による。

17 John Ruskin, *Modern Painters*, vol. 3 (London: George Allen, 1904), 161. 訳文は、内藤史朗訳『風景の思想とモラル』（法蔵館、二〇〇二）による。

18 *Ibid*., 162.

19 *Ibid*., 162.

20 Charles Kingsley, *Alton Locke* (London: Dent, 1970), 236.

21 Ruskin, *Painters*, vol. 3, 165.

22 *Ibid*., 178.

23 *Ibid*., 165-66.

24 Kenneth Clark, *Ruskin Today* (Harmondsworth: Penguin, 1964), 85.

25 Harold Bloom, ed., *The Literary Criticism of John Ruskin* (New York: Anchor, 1965), xxv-vi.

26 David Lodge, *The Art of Fiction* (Harmondsworth: Penguin, 1992), 85.

27 Thomas Hardy, *Tess of the d'Urbervilles: A Pure Woman*, ed. Scott Elledge (New York: Norton, 1965), 67. 訳文は、井出弘之訳（筑摩書房、二〇〇四）による。

28 *Ibid.*, 67.

29 Penny Boumelha, *Thomas Hardy and Women: Sexual Ideology and Narrative Form* (Sussex: Harvester, 1982), 130.

30 Jean Brooks, *Thomas Hardy: The Poetic Structure* (New York: Cornell UP, 1971), 162.

31 Paulin, 18-19.

32 Brooks, 158.

33 旧約聖書　出エジプト記　十章二二節　「モーゼが天に向かって手を差し伸べたので、濃い暗闇は、エジプト全土に臨み三日に及んだ」への言及。

第二章

1 R. P. Draper, ed., *Thomas Hardy: Three Pastoral Novels* (London: Macmillan, 1987), 13.

2 Thomas Hardy, *Under the Greenwood Tree: A Rural Painting of the Dutch School*, ed. Tim Dolin (Harmondsworth: Penguin, 1998), 7. 訳文は、阿部知二訳（岩波書店、一九三六）による。

3 T. Hardy, *Madding Crowd*, 194.

4 Thomas Hardy, *The Woodlanders*, ed. Patricia Ingham (Harmondsworth: Penguin, 1998), 52. 以下、この作品からの引用はこの版を用いて本文中に頁数で示す。訳文は、新妻昭彦訳（大阪教育図書、二〇一四）による。

5 Merryn Williams, *Thomas Hardy and Rural England* (London: Macmillan, 1972), 167.

6 Draper, 15.

7 John Holloway, "Hardy's Major Fiction," *Thomas Hardy: Critical Assessments*, vol. 4, ed. Graham Clarke (Mountfield, East Sussex: Helm Information, 1993), 436.

8 Peter J. Casagrande, "A New View of Bathsheba Everdene," *Critical Approaches to the Fiction of Thomas Hardy*, ed. Dale Kramer (London: Macmillan, 1979), 70.

9 T. Hardy, *Madding Crowd*, 105.

10 M. Williams, 165.

11 Michael Millgate, *Thomas Hardy: His Career as a Novelist* (London: Bodley Head, 1971), 257-58.

12 Irving Howe, *Thomas Hardy* (London: Macmillan, 1967), 104.

13 Brooks, 230.

14 Lodge, *Working*, 87.

15 *Ibid.*, 87.

16 Björk, *Literary Notebooks*, vol. 1, 40.

17 F. E. Hardy, 220.

第三章

1 John Paterson, "*The Return of the Native* as Antichristian Document," *Nineteenth-Century Fiction*, vol. 14 (1959-60), 119.

2 William R. Rutland, *Thomas Hardy: A Study of His Writings and Their Background* (Oxford: Blackwell, 1936), 20.

3 Paul Turner, *The Life of Thomas Hardy: A Critical Biography* (Oxford: Blackwell, 1998), 57.

4 David J. De Laura, "'The Ache of Modernism' in Hardy's Later Novels," *A Journal of English Literary History* 34 (1967), 381.

5 Thomas Hardy, *The Return of the Native*, ed. James Gindin (New York: Norton, 1969), 186. 以下、この作品からの引用はこの版を用いて本文中に頁数で示す。訳文は、深澤俊訳（大阪教育図書、二〇一二）による。

6 Marlene Springer, *Hardy's Use of Allusion* (London: Macmillan, 1983), 116. ペイターは、『ルネサンス』（一八七三）所収の「ヴィンケルマン」で、「人間が自分自身と調和し、肉体的性質と調和し、外界と調和していたギリシア的理想」について論じている。Walter Pater, *The Renaissance: Studies in Art and Poetry* (Berkeley: U of California P, 1980), 177. 訳文は、富士川義之訳（白水社、一九九三）による。

7 Lennart A. Björk, *Psychological Vision and Social Criticism in the Novels of Thomas Hardy* (Stockholm: Almqvist, 1987), 138.

8 Matthew Arnold, *The Works of Matthew Arnold*, vol. 1 (New York: AMS, 1970), 236. 訳文は、村松眞一訳（英宝社、

一九九〇）による。

9 *Ibid.*, 85.

10 Gibson, 66.

11 carpe diem（カルペ・ディエム）のこと。ローマの詩人ホラティウスがその抒情詩集の中で歌ったラテン語の詩句から来たもの。

12 Björk, *Literary Notebooks*, vol. 1, entry 463 n.

13 Arnold, vol. 6, 124. 訳文は、多田英次訳（岩波書店、一九四六）による。

14 *Ibid.*, 124.

15 F. B. Pinion, *Thomas Hardy: His Life and Friends* (London: Macmillan, 1992), 160.

16 Paterson, 123.

17 チャールズ・カイトリー『イギリス祭事・民俗事典』（大修館、一九九二）、二四〇―四一ページ。

18 T. Hardy, *Tess*, 71.

19 *Ibid.*, 67.

20 *Ibid.*, 81.

21 *Ibid.*, 197.

22 Björk, *Psychological Vision*, 141.

23 H. D. F. Kitto, *The Greeks* (Harmondsworth: Penguin, 1951), 173.
24 原佑、岩田靖夫、伊藤勝彦、渡辺二郎『西洋思想の流れ』（東京大学出版会、一九七二）、六五ページ。
25 Thomas Hardy, *Jude the Obscure*, ed. Norman Page (New York: Norton, 1978), 272-73. 訳文は、大沢衛訳（岩波書店、一九五五—七〇）による。
26 Arnold, vol. 6, 124.
27 T. Hardy, *Tess*, 66.
28 *Ibid*., 66-67.
29 *Ibid*., 81.
30 T. Hardy, *Jude*, 268.
31 *Ibid*., 309.
32 F. E. Hardy, 213.
33 T. Hardy, *Tess*, 225.
34 Pater, 182.
35 *Ibid*., 182.
36 T. Hardy, *Jude*, 17.
37 Björk, *Psychological Vision*, 113.

38 *Ibid.*, 138.

第四章

1 T. Hardy, *Return*, 3.

2 Elaine Showalter, "The Unmanning of the Mayor of Casterbridge," *Critical Approaches to the Fiction of Thomas Hardy*, ed. Dale Kramer (London: Macmillan, 1979), 107.

3 T. Hardy, *Mayor*, 71. 以下、この作品からの引用はノートン版（第一章、注番号16を参照のこと）を用いて本文中に頁数で示す。

4 "Square."(adj.) Def. II. 10. d. *The Oxford English Dictionary*. 2nd. ed., CD-ROM (Oxford: Oxford UP, 1999).

5 Showalter, 107.

6 Suzanne Keen, *Victorian Renovations of the Novel: Narrative Annexes and the Boundaries of Representation* (Cambridge: Cambridge UP, 1998), 134.

7 村岡健次・木畑洋一編『世界歴史大系　イギリス史3――近現代――』（山川出版社、一九九一）、一六三ページ。

8 オックスフォード版のテクストの注によれば、一八四六年以降、インドとアメリカからの小麦の輸入が見込まれたため、投機熱が冷め価格が相対的に落ち着いたという。Thomas Hardy, *The Mayor of Casterbridge*, ed. Dale Kramer (Oxford: Oxford UP, 1987), 339.

9 短剣 dirk は、スコットランド高地人の短刀。Def. 1. a. *The Oxford English Dictionary*. 2nd. ed., CD-ROM.

10 Bullen, 153.

11 『世界大百科事典』第二版 CD-ROM（日立デジタル平凡社、一九九八—二〇〇〇）によると、近代合理主義が推し進められてゆく過程で決定的な段階を画したのは、デカルトの哲学である。彼は「〈コギト（われ思う）〉から出発して、〈良識＝理性〉に基礎を置きつつ、思考を本質とする精神と、空間的な広がりを持つことを本質とする物体とを、二つの自立的な実体として明確に区別した」。その結果、「一方では自然界の対象化や自然界への数学的合理性の適用——つまり自然の科学的・数量的把握——が可能になるとともに、他方では人間精神の主体性と自由が保証されるようになった」と言われている。条蒔き機は、科学的・数量的把握を目指すものである。

12 Brooks, 210.

13 Bert G. Hornback, *The Metaphor of Chance: Vision and Technique in the Works of Thomas Hardy* (Ohio: Ohio UP, 1971), 98.

14 Frederick R. Karl, "'The Mayor of Casterbridge': A New Fiction Defined," *Modern Fiction Studies* 6 (1960), 201.

15 Hornback, 92.

16 *Ibid*., 87.

17 Karl, 200.

第五章

1 F. E. Hardy, 35.

2 Bruce Hugman, *Hardy: Tess of the d'Urbervilles* (London: Edward Arnold, 1970), 38.

3 T. Hardy, *Tess*, 26-27. 以下、この作品からの引用はノートン版（第一章の注番号27を参照のこと）を用いて本文中に頁数で示す。

4 "Slope." Def.1. *The New Shorter Oxford English Dictionary*, vol. 2, ed. Lesley Brown (Oxford: Oxford UP, 1933).

5 M. Williams, 178.

6 Springer, 126.

7 M. Williams, 93.

8 A. S. Hornby, ed., *Oxford Advanced Learner's Dictionary of Current English* (Oxford: Oxford UP, 1948) によれば、この諺は、「悪い状況がさらに一層悪くなる」ことを意味する。

9 M. Williams, 93.

10 J. A. R. Pimlott, *The Englishman's Holiday: A Social History* (Sussex: Harvester, 1947), 114.

11 Tony Tanner, "Colour and Movement in Hardy's *Tess of the D'Urbervilles*," *Thomas Hardy's Tess of the D'Urbervilles*, ed. Harold Bloom (New York: Chelsea, 1987), 19.

12 Page, 291.

13 Björk, *Literary Notebooks*, vol. 1, 27.

14 T. Hardy, *Madding Crowd*, 121.

15 T. Hardy, *Mayor*, 108.

16 *Ibid.*, 108.

17 松島正一『イギリス・ロマン主義事典』（北星堂、一九九五）、一六九ページ。

18 Bullen, 161-62.

19 Richard D. Altick, *Victorian People and Ideas* (New York: Norton, 1973), 105-106. 訳文は、要田圭治他訳（音羽書房鶴見書店、一九九八）による。

20 松村昌家他編『英国文化の世紀 3——女王陛下の時代』（研究社、一九九六）、一八六ページ。

21 A. W. N. Pugin, *Contrasts: or, a Parallel between the Noble Edifices of the Middle Ages, and Similar Buildings of the Present Day* (N. p.: Leicester UP, 1973), 1.

22 馬杉宗夫『ゴシック美術』（八坂書房、二〇〇三）、一三五ページ。

23 Ruskin, *Stones*, vol. 3, 228.

24 ウィルヘルム・ヴォリンガー『ゴシック美術形式論』中野勇訳（岩崎美術社、一九六八）、一〇五ページ。

25 ヴォリンガー、一〇五ページ。

26 鈴木博之『建築の世紀末』（晶文社、一九七七）、一〇五ページ。

27 Ruskin, *Painters*, vol. 2, 67.

28 鈴木、一三一ページ。

29 Ruskin, *Stones*, vol. 2, 207.

30 *Ibid*., 214.

31 *Ibid*., 214.

32 *Ibid*., 202.

33 *Ibid*., 196.

34 Raymond Williams, *Culture and Society 1780-1950* (London: Chatto, 1958), 140.

35 Sir John Betjeman, "Hardy and Architecture," *The Genius of Thomas Hardy*, ed. Margaret Drabble (London: Weidenfeld, 1976), 153.

36 Thomas Hardy, The Author's Preface to Later Editions of *A Pair of Blue Eyes* (1895), rept. in The Penguin edition of *A Pair of Blue Eyes*, ed. Pamela Dalziel (Harmondsworth: Penguin, 1998), 389. 訳文は、土屋倭子訳（大阪教育図書、二〇〇九）による。

37 Thomas Hardy, "Memories of Church Restoration," *Thomas Hardy's Personal Writings*, ed. Harold Orel (New York: St. Martin's, 1966), 203. 訳文は、上山泰他訳『トマス・ハーディ随想集』（千城、一九八九）による。

38 T. Hardy, *Jude*, 11-12.

39 F. E. Hardy, 301.

40 Page, 17.

第六章

1 T. Hardy, The Author's Preface to *Madding Crowd*, 47.

2 Page, 344.

3 T. Hardy, *Mayor*, 200.

4 *Ibid.*, 23.

5 T. Hardy, *Tess*, 146.

6 Simon Gatrell, *Thomas Hardy and the Proper Study of Mankind* (London: Macmillan, 1993), 158-61.

7 T. Hardy, *Jude*, 31. 以下、この作品からの引用はノートン版（第三章の注番号25を参照のこと）を用いて本文中に頁数で示す。

8 T. Hardy, *Tess*, 66-67.

9 Wolfgang Schivelbusch, *The Railway Journey: The Industrialization of Time and Space in the 19th Century* (Berkeley: U of California P, 1977), 11. 訳文は、加藤二郎訳（法政大学出版局、一九八二）による。

10 *Ibid.*, 13.

11 *Ibid*., 38.

12 John Ruskin, *The Seven Lamps of Architecture* (London: George Allen, 1903), 159.

13 Altick, 96.

14 小池滋『英国鉄道物語』(晶文社、一九七九)、二四―二六ページ。

15 小池、二四ページ。

16 Arnold, vol. 1, 236.

17 Michael Millgate, "The Tragedy of Unfulfilled Aims," *Thomas Hardy's Jude the Obscure*, ed. Harold Bloom (New York: Chelsea, 1987), 15.

18 T. Hardy, *Tess*, 277.

19 Thomas Hardy, "The Dorsetshire Labourer," *Personal Writings*, 182.

20 T. Hardy, *Tess*, 98.

21 Ward Hellstrom, "Hardy's Scholar-Gipsy," *The English Novel in the Nineteenth Century: Essays on the Literary Mediation of Human Values*, ed. George Goodin (Urbana: U of Illinois P, 1972), 197-98.

22 Arnold, vol. 1, 236.

初出一覧

本書の第一章から第六章まで、初出の論文を大幅に書き直した。

第一章　『はるか群衆を離れて』における擬人法
『ハーディ研究』第三〇号（日本ハーディ協会）、二〇〇四年。

第二章　『森林地の人々』の田園世界が孕むもの
『ハーディ研究』第二九号（日本ハーディ協会）、二〇〇三年。

第三章　*The Return of the Native*——Clym の顔を読む——
Osaka Literary Review No. XLIII（大阪大学大学院英文学談話会）、二〇〇四年。

第四章　『カスタブリッジの町長』——表象としてのカスタブリッジ——
『ハーディ研究』第三一号（日本ハーディ協会）、二〇〇五年。

第五章　Architecture and Morality in *Tess of the d'Urbervilles*
『ハーディ研究』第三二号（日本ハーディ協会）、二〇〇六年。
第六章　『日陰者ジュード』――鉄道が表象する世界
日本ハーディ協会編『トマス・ハーディ全貌』（音羽書房鶴見書店）、二〇〇七年。

あとがき

二〇年近く前になろうか、ハーディ・カントリーを訪れる機会があった。カバー表に使った写真（ソールズベリー大聖堂）は、そのとき撮ったものである。この大聖堂は、一三世紀純英国式ゴシック建築であり、ハーディは、その優雅にそびえ立つ姿を見飽きることがなかったと語っている。境内に美しい芝生が広がり巨樹のある大聖堂で有名なソールズベリーは、ハーディの妹二人がそこの師範学校で学んだこともあって、彼にとって忘れがたい土地であったのであろう、彼の小説世界に、メルチェスターとしてしばしば登場する。

ハーディは生涯で一四の長編小説を書いた。本書で取り上げたのは、その中で一般に主要作品とされているものである。筆者がハーディ小説において最も魅了されるのは、彼の風景描写であることから、本書は風景という観点から論じた作品論が中心になっている。もっとも、本書で触れることはなかったが、ハーディ小説で数多く用いられる直喩も、鮮やかな視覚的イメージを喚起し、ひとつひとつが忘れがたいものとして筆者の心に深く刻まれている。

本書は、大阪大学に提出した博士論文を基にしてまとめたものだが、本としてまとめるにあたり、各論文の読み直しをするなかで、新たな発見も少なからずあり、大幅に書き直すことになった。しかしそのことにより、筆者の論点をより明確にすることができたと思っている。

さて筆者のハーディ研究の原点とも言うべきものは、大阪女子大学の修士課程在学時に、大阪大学から出講されていた玉井暲先生の『日陰者ジュード』の講義に出会ったことである。先生の講義を拝聴するなかで、スー・ブライドヘッドという女性に関心を持ち、修士論文では『ジュード』を取り上げることになった。大阪女子大学では、奥西晃先生、正木建治先生、鈴木美津子先生に論文指導や演習でいろいろお世話になり、ヴァージニア・ウルフの意識の流れの世界、T・S・エリオットの詩劇、一八世紀のファニー・バーニーの作品世界を読む面白さを教えていただいた。その後、大阪大学の博士後期課程で玉井先生のご指導を受けながら博士論文に取り組んだが、談話会では森岡裕一先生、服部典之先生からも懇切なご指導を受けた。またハーディの詩の読書会では、内田能嗣先生をはじめとする先生方から、多くのことを学ばせていただいた。さらに学会発表等では、日本ハーディ協会の先生方から、貴重なコメントを数多くいただいたことで、ハーディ研究の奥深さを知ることにもなった。このように考えると、本書の出版に至るまで、どれほど多くの先生方との出会いや励ましのお言葉があったことかと、改めて感謝の念を強くせずにはいられない。とりわけ玉井先生に、論文を本としてまとめてはどうかと勧めていただかなければ、今日という日を迎えることはなかったであろう。ここに刊行の運びとなり、先生から受けた学恩にいささかなりとも応えることができたのであれば幸いである。

最後に、本書の出版を快く引き受けてくださった大阪教育図書社長の横山哲彌氏と、編集の労をとってくださった濵田乃里子氏、適切な助言をくださった春名英明氏に心からお礼を申し上げたい。

二〇一五年一月

伊藤佳子

森松健介『十九世紀英詩人とトマス・ハーディ』中央大学出版部, 2003, 3-82.
森松健介, 玉井暲, 土岐恒二, 井出弘之『トマス・ハーディと世紀末』英宝社, 1999.
山川鴻三『イギリス小説とヨーロッパ絵画』研究社, 1987.

——. *Culture and Society 1780-1950*. London: Chatto, 1958. 130-58.
——. *The English Novel from Dickens to Lawrence*. London: Chatto, 1970. 78-96.
Wright, T. R. *Hardy and the Erotic*. London: Macmillan, 1989.
Zabel, Morton Dauwen. "Hardy in Defense of His Art: The Aesthetic of Incongruity." *The Southern Review* 6 (1940-1): 24-45.

III. 邦文文献

ウィルヘルム・ヴォリンガー『ゴシック美術形式論』中野勇訳　岩崎美術社, 1968, 103-10.
馬杉宗夫『ゴシック美術』八坂書房, 2003.
大沢衛編『ハーディ研究』英宝社, 1956.
「近代合理主義」.『世界大百科事典』第二版　CD-ROM, 日立デジタル平凡社, 1998-2000.
小池滋『英国鉄道物語』晶文社, 1979, 13-109.
佐野晃『ハーディ——開いた精神の軌跡』冬樹社, 1981.
鈴木博之『建築の世紀末』晶文社, 1977.
玉井暲「ヴィジョンのなかのローマ——『享楽主義者マリウス』」, 森晴秀編『風景の修辞学』英宝社, 1995, 187-218.
チャールズ・カイトリー『イギリス祭事・民俗事典』澁谷勉訳　大修館, 1992, 240-41.
土屋倭子『「女」という制度——トマス・ハーディの小説と女たち』南雲堂, 2000.
トマス・カーライル『過去と現在』上田和夫訳　日本教文社, 1962.
原佑, 岩田靖夫, 伊藤勝彦, 渡辺二郎『西洋思想の流れ』東京大学出版会, 1971, 60-84.
廣野由美子『十九世紀イギリス小説の技法』英宝社, 1996, 311-59.
松島正一『イギリス・ロマン主義事典』北星堂, 1995, 168-69.
松村昌家他編『英国文化の世紀　3——女王陛下の時代』研究社, 1996, 177-99.
村岡健次・木畑洋一編『世界歴史大系　イギリス史3——近現代——』山川出版社, 1991, 119-68.

Showalter, Elaine. "The Unmanning of the Mayor of Casterbridge." Kramer, *Critical Approaches* 99-115.

"Slope." Def. 1. *The New Shorter Oxford English Dictionary*. Vol. 2. Ed. Lesley Brown. Oxford: Oxford UP, 1933.

Smart, Alastair. "Pictorial Imagery in the Novels of Thomas Hardy." *The Review of English Studies* 12 (1961): 262-80.

Southerington, F. R. *Hardy's Vision of Man*. London: Chatto, 1971.

Springer, Marlene. *Hardy's Use of Allusion*. London: Macmillan, 1983.

"Square." Def. II. 10. d. *The Oxford English Dictionary*. 2nd. ed. CD-ROM. Oxford: Oxford UP, 1999.

Sumner, Rosemary. *Thomas Hardy: Psychological Novelist*. London: Macmillan, 1981.

Tanner, Tony. "Colour and Movement in Hardy's *Tess of the D'Urbervilles*." Bloom, *Thomas Hardy's Tess* 9-23.

Taylor, Richard H., ed. *The Personal Notebooks of Thomas Hardy*. London: Macmillan. 1978.

Thomas, Brian. *The Return of the Native: Saint George Defeated*. New York: Twayne, 1995.

Thompson, E. P. *Customs in Common: Studies in Traditional Popular Culture*. New York: New, 1993. 404-62.

Turner, Paul. *The Life of Thomas Hardy: A Critical Biography*. Oxford: Blackwell, 1998.

Vigar, Penelope. *The Novels of Thomas Hardy: Illusion and Reality*. London: Athlone, 1974.

Wayne, Philip M. A., ed. *Wordsworth's Poems*. London: Dent, 1907.

Weinstein, Philip M. "Hardy: 'Full-Hearted Evensong'." Bloom, *Thomas Hardy's Tess* 103-17.

—. "'The Spirit Unappeased and Peregrine' : *Jude the Obscure*." Bloom, *Thomas Hardy's Jude* 119-35.

Williams, Merryn. "Hardy and 'the Woman Question.'" Page, *Annual* 1 (1982): 44-59.

—. *Thomas Hardy and Rural England*. London: Macmillan, 1972.

Williams, Raymond. *The Country and the City*. London: Hogarth, 1985. 197-214.

Pugin, A. W. N. *Contrasts: or, a Parallel between the Noble Edifices of the Middle Ages, and Similar Buildings of the Present Day*. N. p.: Leicester UP, 1973.

Purdy, Richard Little, and Michael Millgate, eds. *The Collected Letters of Thomas Hardy*. Vol. 1. Oxford: Clarendon, 1978-88.

Richards, I. A. *Poetries and Sciences: A Reissue of Science and Poetry (1926, 1935) with Commentary*. New York: Norton, 1970. 47-79.

Richardson, James. *Thomas Hardy: The Poetry of Necessity*. Chicago: U of Chicago P, 1977.

Rose, H. J. *A Handbook of Greek Mythology*. London: Methuen, 1928.

Ruskin, John. *Modern Painters*. Vol. 2. London: George Allen, 1904. 66-75.

——. *Modern Painters*. Vol. 3. 161-201.

——. *The Seven Lamps of Architecture*. London: George Allen, 1903. 138-89.

——. *The Stones of Venice*. Vol. 2. London: George Allen, 1904. 180-269.

——. *The Stones of Venice*. Vol. 3. 228.

Rutland, William R. *Thomas Hardy: A Study of His Writings and Their Background*. Oxford: Blackwell, 1936.

Saldivar, Ramon. "*Jude the Obscure*: Reading and the Spirit of the Law." Bloom, *Thomas Hardy's Jude* 103-18.

Schivelbusch, Wolfgang. *The Railway Journey: The Industrialization of Time and Space in the 19th Century*. California: U of California P, 1977. 1-88.

Schur, Owen. *Victorian Pastoral: Tennyson, Hardy, and the Subversion of Forms*. Columbus: Ohio State UP, 1989. 1-20.

Schweik, Robert C. "Character and Fate in Hardy's *The Mayor of Casterbridge*." *Nineteenth-Century Fiction* 21 (1966): 249-62.

——. "The Narrative Structure of *Far from the Madding Crowd*." *Budmouth Essays on Thomas Hardy*. Ed. F. B. Pinion. Dorchester: The Thomas Hardy Society, 1976. 21-38.

Sherman, G. W. *The Pessimism of Thomas Hardy*. Cranbury, N. J.: Associated UP, 1976.

Shires, Linda M. "Narrative, Gender, and Power in *Far from the Madding Crowd*." Higonnet 49-65.

Musselwhite, David. *Social Transformations in Hardy's Tragic Novels: Megamachines and Phantasms*. Houndmills, Basingstoke, Hampshire: Palgrave Macmillan, 2003. 145-54, 170-90.

Page, Norman, ed. *Oxford Reader's Companion to Hardy*. Oxford: Oxford UP, 2000.

——. *Thomas Hardy*. London: Routledge, 1977.

——, ed. *Thomas Hardy Annual*. 5 vols. London: Macmillan, 1982.

——. "Vision and Blindness." Bloom, *Thomas Hardy's Jude* 73-80.

Paris, Bernard J. "A Confusion of Many Standards." *Nineteenth-Century Fiction* 24 (1969): 57-79.

Pater, Walter. *The Renaissance: Studies in Art and Poetry*. Berkeley: U of California P, 1980. 141-90.

Paterson, John. "Introduction to *The Return of the Native*." Clarke Vol. 4. 66-72.

——. *The Making of* The Return of the Native. Berkeley: U of California P, 1960.

——. "*The Mayor of Casterbridge* as Tragedy." *Victorian Studies* 3 (1959): 151-72.

——. "The 'Poetics' of *The Return of the Native*." *Modern Fiction Studies* 6, no. 3 (autumn 1960): 214-22.

——. "*The Return of the Native* as Antichristian Document." *Nineteenth-Century Fiction* 14 (1959-60): 111-27.

Paulin, Tom. *Thomas Hardy: The Poetry of Perception*. London: Macmillan, 1975.

Peck, John. *How to Study a Thomas Hardy Novel*. London: Macmillan, 1987.

Pettit, Charles P. C. ed. *New Perspectives on Thomas Hardy*. New York: St. Martin's, 1994.

Pimlott, J. A. R. *The Englishman's Holiday: A Social History*. Sussex: Harvester, 1976.

Pinion, F. B. *A Hardy Companion*. London: Macmillan, 1968.

——. *Thomas Hardy: His Life and Friends*. London: Macmillan, 1992.

——. *A Thomas Hardy Dictionary*. London: Macmillan, 1989.

Poole, Adrian. "'Men's Words' and Hardy's Women." *Essays in Criticism* 31 (1981): 328-44.

Meisel, Perry. *Thomas Hardy: The Return of the Repressed*. New Haven: Yale UP, 1972.

Mickelson, Anne Z. *Thomas Hardy's Women and Men: The Defeat of Nature*. Metuchen, N. J.: Scarecrow, 1976.

Miles, Josephine. *Pathetic Fallacy in the Nineteenth Century: A Study of a Changing Relation between Object and Emotion*. Berkeley: U of California P, 1942.

Miller, J. Hillis. *The Disappearance of God: Five Nineteenth-Century Writers*. Urbana: U of Illinois P, 1963. 1-16.

——. *Thomas Hardy: Distance and Desire*. Cambridge, Mass.: Belknap P of Harvard UP, 1970.

——. *Topographies*. Stanford, California: Stanford UP, 1995. 9-56.

Millgate, Michael. *Thomas Hardy: His Career as a Novelist*. London: Bodley Head, 1971.

——. "The Tragedy of Unfulfilled Aims." Bloom, *Thomas Hardy's Jude* 7-17.

Mitchell, Sally. *Daily Life in Victorian England*. London: Greenwood, 1996.

Mizener, Arthur. "*Jude the Obscure* as a Tragedy." *Southern Review* 6 (1940-41): 203-13.

Moore, Kevin Z. *The Descent of the Imagination: Postromantic Culture in the Later Novels of Thomas Hardy*. New York: New York UP, 1990.

Morgan, Rosemarie. *Women and Sexuality in the Novels of Thomas Hardy*. London: Routledge, 1988.

Morrell, Roy. *Thomas Hardy: The Will and the Way*. Kuala Lumpur: U of Malaya P, 1965.

Morton, Peter R. "*Tess of the d'Urbervilles*: A Neo-Darwinian Reading." *Southern Review* 7 (1974): 36-51.

Moynahan, Julian. "*The Mayor of Casterbridge* and the Old Testament's First Book of Samuel: A Study of Some Literary Relationships." *PMLA* 71 (1956): 118-30.

Muecke, D. C. *Irony*. London: Methuen, 1971.

Murstein, Bernard I. *Love, Sex, and Marriage through the Ages*. New York: Springer, 1974. 248-79.

Kingsley, Charles. *Alton Locke*. London: Dent, 1970. 236.

Kitto, H. D. F. *The Greeks*. Harmondsworth: Penguin, 1951. 169-94.

Kramer, Dale, ed. *The Cambridge Companion to Thomas Hardy*. Cambridge: Cambridge UP, 1999.

——, ed. *Critical Approaches to the Fiction of Thomas Hardy*. London: Macmillan, 1979.

——, ed. *Critical Essays on Thomas Hardy: The Novels*. Boston: Hall, 1990.

——. Introduction. *The Mayor of Casterbridge*. By Thomas Hardy. Oxford: Oxford UP, 1987. xi-xxix.

——. *Thomas Hardy: Tess of the d'Urbervilles*. Cambridge: Cambridge UP, 1991.

Langbaum, Robert. *Thomas Hardy in Our Time*. London: Macmillan, 1995.

Langland, Elizabeth. "Becoming a Man in *Jude the Obscure*." Higonnet 32-48.

Lawrence, D. H. "Study of Thomas Hardy." *Phoenix*. London: Heinemann, 1961. 410-21.

Lerner, Laurence, and John Holmstrom, *Thomas Hardy and His Readers*. London: Bodley Head, 1968.

Levine, George. "Thomas Hardy's *The Mayor of Casterbridge*: Reversing the Real." Kramer, *Critical Essays* 169-90.

Lodge, David. *The Art of Fiction*. London: Penguin, 1992.

——. *Working with Structuralism: Essays and Reviews on Nineteenth and Twentieth Century Literature*. London: Routledge, 1981. 79-113.

Lorsch, Susan E. *Where Nature Ends: Literary Responses to the Designification of Landscape*. London: Associated UP, 1983. 16-30, 77-105.

Loughrey, Bryan, ed. *The Pastoral Mode*. London: Macmillan, 1984. 8-25.

Marinelli, Peter V. *Pastoral*. London: Methuen, 1971.

Maxwell, J. C. "The 'Sociological' Approach to *The Mayor of Casterbridge*." Draper, *The Tragic Novels* 148-57.

McDowall, Arthur. *Thomas Hardy: A Critical Study*. London: Faber, 1931.

McDowell, Frederick P. W. "The Symbolical Use of Image and Contrast in *Jude the Obscure*." *Modern Fiction Studies* 6, no. 3 (autumn 1960): 233-50.

Hornby, A. S., ed. *Oxford Advanced Learner's Dictionary of Current English*. Oxford: Oxford UP, 1948.

Houghton, Walter E. *The Victorian Frame of Mind, 1830-1870*. New Haven: Yale UP, 1957.

Howe, Irving. *Thomas Hardy*. London: Macmillan, 1967.

Hugman, Bruce. *Hardy: Tess of the d'Urbervilles*. London: Edward Arnold, 1970.

Hunter, Shelagh. *Victorian Idyllic Fiction: Pastoral Strategies*. London: Macmillan, 1984. 167-208.

Hyman, Virginia R. *Ethical Perspective in the Novels of Thomas Hardy*. New York: Kennikat, 1975.

Ingham, Patricia. *Thomas Hardy: Series of Feminist Readings*. Herfordshire: Harvester Wheatsheaf, 1989.

Ions, Veronica. *Egyptian Mythology*. N. p.: Paul Hamlyn, 1968.

Irwin, Michael. *Reading Hardy's Landscapes*. London: Macmillan, 2000.

Jacobus, Mary. "Sue the Obscure." *Essays in Criticism* 25 (1975): 304-27.

——. "Tess: The Making of a Pure Woman." Bloom, *Thomas Hardy's Tess* 45-60.

——. "Tree and Machine: *The Woodlanders*." Kramer, *Critical Approaches* 116-34.

Johnson, Bruce. "Pastoralism and Modernity." Bloom, *Thomas Hardy's Return* 111-36.

——. "'The Perfection of Species' and Hardy's Tess." Bloom, *Thomas Hardy's Tess* 25-43.

Johnson, Lionel. *The Art of Thomas Hardy*. New York: Haskell, 1966.

Karl, Frederick R. "'The Mayor of Casterbridge': A New Fiction Defined." *Modern Fiction Studies* 6 (1960): 195-213.

Keen, Suzanne. *Victorian Renovations of the Novel: Narrative Annexes and the Boundaries of Representation*. Cambridge: Cambridge UP, 1998. 130-44.

Kiely, Robert. "The Menace of Solitude: The Politics and Aesthetics of Exclusion in *The Woodlanders*." Higonnet 188-202.

——. "Vision and Viewpoint in *The Mayor of Casterbridge*." *Nineteenth-Century Fiction* 23 (1968): 189-200.

Gregor, Ian. *The Great Web: The Form of Hardy's Major Fiction*. London: Faber, 1974.

Gribble, Jennifer. "The Quiet Women of Egdon Heath." *Essays in Criticism* 46 (1996): 234-57.

Grimsditch, Herbert B. *Character and Environment in the Novels of Thomas Hardy*. New York: Russell, 1925.

Grundy, Joan. *Hardy and the Sister Arts*. London: Macmillan, 1979.

Guerard, Albert J., ed. *Hardy: A Collection of Critical Essays*. Englewood Cliffs, N. J.: Prentice, 1963.

——. *Thomas Hardy: The Novels and Stories*. Cambridge, Mass.: Harvard UP, 1949.

Halliday, F. E. *Thomas Hardy: His Life and Work*. Somerset: Adams, 1972.

Hardy, Barbara. "Passion in Context." Kramer, *Critical Essays* 73-86.

Hardy, Evelyn. "Thomas Hardy and Turner——The Painter's Eye." Clarke Vol. 4. 463-70.

Hardy, Florence Emily. *The Life of Thomas Hardy, 1840-1928*. London: Macmillan, 1962.

Hawkins, Desmond. *Hardy: Novelist and Poet*. London: David, 1976.

Heilman, Robert B. "Hardy's *Mayor*: Notes on Style." *Nineteenth-Century Fiction* 18 (1963-64): 307-29.

Hellstrom, Ward. "Hardy's Scholar-Gipsy." *The English Novel in the Nineteenth Century: Essays on the Literary Mediation of Human Values*. Ed. George Goodin. Urbana: U of Illinois P, 1972. 196-213.

Herbert, Lucille. "Hardy's Views in *Tess of the d'Urbervilles*." *ELH* 37 (1970): 77-94.

Higonnet, Margaret R., ed. *The Sense of Sex: Feminist Perspectives on Hardy*. Urbana: U of Illinois P, 1993.

Holloway, John. *The Charted Mirror: Literary and Critical Essays*. London: Routledge, 1960. 94-117.

——. *The Victorian Sage: Studies in Argument*. London: Archon, 1962. 244-89.

Hornback, Bert G. *The Metaphor of Chance: Vision and Technique in the Works of Thomas Hardy*. Athens, Ohio: Ohio UP, 1971.

Empson, William. *Some Versions of Pastoral*. London: Chatto, 1935.

Enstice, Andrew. *Thomas Hardy: Landscapes of the Mind*. London: Macmillan, 1979.

Escuret, Annie. "Thomas Hardy and J. M. W. Turner." Butler, *Alternative* 205-25.

Ettin, Andrew V. *Literature and the Pastoral*. New Haven: Yale UP, 1984. 8-27.

Exodus. x. 22.

Fisher, Joe. *The Hidden Hardy*. London: Macmillan, 1992.

Fleishman, Avrom. "The Buried Giant of Egdon Heath." Bloom, *Thomas Hardy's Return* 95-109.

Garson, Marjorie. *Hardy's Fables of Integrity: Woman, Body, Text*. Oxford: Clarendon, 1991.

Gatrell, Simon. *Thomas Hardy and the Proper Study of Mankind*. London: Macmillan, 1993.

Ghent, Dorothy Van. *The English Novel: Form and Function*. New York: Holt, 1953. 195-210.

Gibson, James, ed. *Thomas Hardy: The Complete Poems*. London: Macmillan, 2001.

Gifford, Terry. *Pastoral*. London: Routledge, 1999.

Gittings, Robert. *Thomas Hardy's Later Years*. Boston: Little, 1978.

——. *Young Thomas Hardy*. London: Heinemann, 1975.

Goode, John. "Sue Bridehead and the New Woman." *Women Writing and Writing about Women*. Ed. Mary Jacobus. London: Croom Helm, 1979. 100-13.

——. *Thomas Hardy: The Offensive Truth*. Oxford: Blackwell, 1988.

Goodheart, Eugene. "Thomas Hardy and The Lyrical Novel." *Nineteenth-Century Fiction* 12 (1957-58): 215-25.

Gose, Elliott B., Jr. "Psychic Evolution: Darwinism and Initiation in *Tess of the D'Urbervilles*." *Nineteenth-Century Fiction* 18 (1963): 261-72.

"Green table." Def. A. III. 13. a. *The Oxford English Dictionary*. 2nd. ed. CD-ROM. Oxford: Oxford UP, 1999.

Greenslade, William. *Degeneration, Culture and the Novel 1880-1940*. Cambridge: Cambridge UP, 1994. 54-64.

——. *Ruskin Today*. Harmondsworth: Penguin, 1964.

Clarke, Graham, ed. *Thomas Hardy: Critical Assessments*. 4 vols. The Banks, Mountfield, East Sussex: Helm Information, 1993.

Collins, Philip. "Hardy and Education." *Thomas Hardy: The Writer and his Background*. Ed. Norman Page. London: Bell, 1980. 41-75.

Cornfield, P. J. *The Impact of English Towns 1700-1800*. Oxford: Oxford UP, 1982. 51-65.

Cox, D. Drew. "The Poet and the Architect." *Agenda* (London) 10. nos. 2-3 (1972): 50-65.

Cox, R. G., ed. *Thomas Hardy: The Critical Heritage*. London: Routledge, 1970.

Daiches, David. "Thomas Hardy's Wessex." Clarke Vol. 3. 371-7.

Daleski, H. M. *Thomas Hardy and the Paradoxes of Love*. Columbia: U of Missouri P, 1997. 108-24.

De Laura, David J. "'The Ache of Modernism' in Hardy's Later Novels." *ELH* 34 (1967): 380-99.

Deen, Leonard W. "Heroism and Pathos in *The Return of the Native*." *Nineteenth-Century Fiction* 15 (Dec. 1960): 207-19.

"Dirk." Def. 1. a. *Oxford English Dictionary*. 2nd. ed. CD-ROM. Oxford: Oxford UP, 1999.

Drabble, Margaret. "Hardy and the Natural World." *The Genius of Thomas Hardy*. London: Weidenfeld, 1976. 162-9.

Drake, Robert Y., Jr. "*The Woodlanders* as Traditional Pastoral." *Modern Fiction Studies* 6, no. 3 (Nov. 1960): 251-7.

Draper, R. P. *Lyric Tragedy*. London: Macmillan, 1985. 111-30.

——, ed. *Thomas Hardy: Three Pastoral Novels*. London: Macmillan, 1987.

——, ed. *Thomas Hardy: The Tragic Novels*. London: Macmillan, 1975.

Duffin, H. C. *Thomas Hardy: A Study of the Wessex Novels*. Manchester: Manchester UP, 1916.

Eagleton, Terry. "The Limits of Art." Bloom, *Thomas Hardy's Jude* 61-71.

Edmond, Rod. "'The Past-marked Prospect': Reading: *The Mayor of Casterbridge*." Clarke Vol. 4. 73-84.

Ellis, Havelock. "Concerning *Jude the Obscure*." *Savoy Magazine* 6 (Oct. 1896): 35-49.

——, ed. *The Literary Criticism of John Ruskin*. New York: Anchor, 1965. ix-xxvii.

——, ed. *Thomas Hardy's Jude the Obscure*. New York: Chelsea, 1987.

——, ed. *Thomas Hardy's The Return of the Native*. New York: Chelsea, 1987.

——, ed. *Thomas Hardy's Tess of the D'Ubervilles*. New York: Chelsea, 1987.

Blunden, Edmund. *Thomas Hardy*. London: Macmillan, 1942.

Boumelha, Penny. *Thomas Hardy and Women: Sexual Ideology and Narrative Form*. Sussex: Harvester, 1982.

Brady, Kristin. "Tess and Alec: Rape or Seduction?" Page, *Annual* 4 (1986): 127-45.

Brooke-Rose, Christine. "Ill Wit and Sick Tragedy: *Jude the Obscure*." Butler, *Alternative* 26-48.

Brooks, Jean R. *Thomas Hardy: The Poetic Structure*. London: Elek, 1971.

Brown, Douglas. *Thomas Hardy*. London: Longmans, 1954.

Bullen, J. B. *The Expressive Eye: Fiction and Perception in the Work of Thomas Hardy*. Oxford: Clarendon, 1986.

Burstein, Janet. "The Journey beyond Myth in *Jude the Obscure*." Bloom, *Thomas Hardy's Jude* 19-36.

Butler, Lance St. John, ed. *Alternative Hardy*. London: Macmillan, 1989.

——. *Thomas Hardy*. Cambridge: Cambridge UP, 1978.

Carpenter, Richard C. "Hardy's 'Gurgoyles.'" *Modern Fiction Studies* 6, no. 3 (autumn 1960): 223-32.

——. "The Mirror and the Sword: Imagery in *Far from the Madding Crowd*." *Nineteenth-Century Fiction* 18 (1963-64): 331-45.

Casagrande, Peter J. "A New View of Bathsheba Everdene." Kramer, *Critical Approaches* 50-73.

——. *Unity in Hardy's Novels: "Repetitive Symmetries."* London: Macmillan, 1982.

Cecil, David. *Hardy the Novelist: An Essay in Criticism*. London: Constable, 1943.

Cirlot, J. E. *A Dictionary of Symbols*. London: Routledge, 1962.

Clark, Kenneth. *The Gothic Revival*. London: Constable, 1928. 122-49.

Altick, Richard D. *Victorian People and Ideas: A Companion for the Modern Reader of Victorian Literature*. New York: Norton, 1973.

Andersen, Carol Reed. "Time, Space, and Perspective in Thomas Hardy." *Nineteenth-Century Fiction* 9 (1954-55): 192-208.

Arnold, Matthew. *Culture and Anarchy: An Essay in Political and Social Criticism*. Vol. 6 of *The Works of Matthew Arnold*. 15 vols. New York: AMS, 1970. 120-40.

——. *Poems*. Vol. 1 of *The Works of Matthew Arnold*. 15 vols. New York: AMS, 1970. 76-85, 236.

Babb, Howard. "Setting and Theme in *Far from the Madding Crowd*." *ELH* 30 (1963): 147-61.

Bayley, John. *An Essay on Hardy*. Cambridge: Cambridge UP, 1978.

——. "A Social Comedy? On Re-reading *The Woodlanders*." Page, *Annual* 5 (1987): 3-21.

Beach, Joseph Warren. *The Technique of Thomas Hardy*. New York: Russell, 1962.

Beegel, Susan. "Bathsheba's Lovers: Male Sexuality in *Far from the Madding Crowd*." *Thomas Hardy*. Ed. Harold Bloom. New York: Chelsea, 1987. 207-26.

Betjeman, Sir John. "Hardy and Architecture." Drabble 150-3.

Björk, Lennart A., ed. *The Literary Notebooks of Thomas Hardy*. Vol. 1. London: Macmillan, 1985.

——. *Psychological Vision and Social Criticism in the Novels of Thomas Hardy*. Stockholm: Almqvist, 1987. 107-40.

——. "Thomas Hardy's 'Hellenism.'" *Papers on Language and Literature presented to Alvar Ellegard and Erik Frykman*. Ed. Sven Bäckman and Goran Kjellmer. Göteborg, Sweden: ACTA Universitatis Gothoburgensis, 1985. 46-58.

Blake, Kathleen. "Pure Tess: Hardy on Knowing a Woman." Bloom, *Thomas Hardy's Tess* 87-102.

——. "Sue Bridehead, 'The Woman of the Feminist Movement.'" Bloom, *Thomas Hardy's Jude* 81-102.

Bloom, Harold, ed. *English Romantic Poetry*. Vol. 2. New York: Anchor, 1963.

参考文献

I. Primary Sources

Hardy, Thomas. *Desperate Remedies*. 1871. Ed. Mary Rimmer. Harmondsworth: Penguin, 1998.

——. "The Dorsetshire Labourer." *Thomas Hardy's Personal Writings*. Ed. Harold Orel. New York: St. Martin's, 1966. 168-91.

——. *Far from the Madding Crowd*. 1874. Ed. Ronald Blythe. Harmondsworth: Penguin, 1978.

——. *Jude the Obscure*. 1895. Ed. Norman Page. New York: Norton, 1978.

——. *A Laodicean or The Castle of the De Stancys*. 1881. Ed. John Schad. Harmondsworth: Penguin, 1997.

——. *The Mayor of Casterbridge: A Story of a Man of Character*. 1886. Ed. Phillip Mallett. New York: Norton, 1977.

——. "Memories of Church Restoration." *Thomas Hardy's Personal Writings*. Ed. Harold Orel. 203-18.

——. *A Pair of Blue Eyes*. 1873. Ed. Pamela Dalziel. Harmondsworth: Penguin, 1998.

——. *The Return of the Native*. 1878. Ed. James Gindin. New York: Norton, 1969.

——. *Tess of the d'Urbervilles: A Pure Woman*. 1891. Ed. Scott Elledge. New York: Norton, 1965.

——. *Under the Greenwood Tree: A Rural Painting of the Dutch School*. 1872. Ed. Tim Dolin. Harmondsworth: Penguin, 1998.

——. *The Woodlanders*. 1887. Ed. Patricia Ingham. Harmondsworth: Penguin, 1998.

II. Secondary Sources

Adey, Lionel. "Styles of Love in *Far from the Madding Crowd*." Page, *Annual* 5 (1987): 47-62.

Allen, Walter. *The English Novel: A Short Critical History*. London: Dent, 1954. 208-46.

ルセッタ(Lucetta Templeman)　81-4, 89, 91-2, 97, 112
ロッジ(David Lodge)　5, 15, 52
ローマ(Rome)　89
ロンドン(London)　1-2, 8, 101, 113, 119, 124, 128

〈ワ行〉
ワイルディーヴ(Damon Wildeve)　63, 66-7
ワーズワス(William Wordsworth)　1, 14

ペイター(Walter Pater)　56, 59
ペトラルカ(Petrarch)　64
ヘンチャード(Michael Henchard)　50, 75, 77-8, 80-6, 88-99, 112
ホメーロス(Homer)　14
ホラティウス(Horace)　4
ポーリン(Tom Paulin)　9, 20
ボールドウッド(William Boldwood)　17-9, 21, 25, 27, 112
ホロウェイ(John Holloway)　32

〈マ行〉

マーティ(Marty South)　37-40, 48-9
マーロット(Marlott)　101, 111, 138
ミルゲイト(Michael Millgate)　46, 137, 139
メアリーグリーン(Marygreen)　119, 125-6, 131, 140-1
メルストック(Mellstock)　29
メルチェスター(Melchester)　126, 141
メルベリー(George Melbury)　32-4, 37, 43-4, 51

〈ヤ行〉

ユーステイシア(Eustacia Vye)　55, 62, 64-7

〈ラ行〉

ライエル(Charles Lyell)　8, 61
ラウラ(Laura)　64
ラスキン(John Ruskin)　4, 8-12, 14-5, 19-20, 27-8, 113-7
　『ヴェニスの石』(*The Stones of Venice*)　9, 11, 113
　『近代画家論』(*Modern Painters*)　4, 8-9, 11
リトル・ヒントック(Little Hintock)　30, 32, 35-9, 41, 48, 50, 54
リトル・ファーザー・タイム(Little Father Time)　74, 128

19-20, 26, 28-31, 34, 112
「くすんだ色合い」（'Neutral Tones'）　7
「自然の質問」（'Nature's Questioning'）　62
『森林地の人びと』（*The Woodlanders*）　3, 6, 28-32, 53-4, 111
「外なる自然に」（'To Outer Nature'）　7
『ダーバヴィル家のテス』（*Tess of the d'Urbervilles*）　4, 6, 18-9, 56, 68-9, 71, 74-5, 94, 99, 101, 120, 124, 127, 138-9
「ドーセットシアの労働者」（"The Dorsetshire Labourer"）　138
『微温の人』（*A Laodicean*）　101
『日陰者ジュード』（*Jude the Obscure*）　6, 56, 68, 71, 74-5, 99, 119-20, 123, 125, 130, 139, 142
「森の中で」（'In a Wood'）　7
『緑樹の陰』（*Under the Greenwood Tree*）　3, 29-31
バーデン（Baden）　60
ハドリアヌス帝（Hadrian）　90
パリ（Paris）　57, 63-4, 66
ピュージン（A. W. N. Pugin）　113-5, 117, 120
ビョルク（Lennart A. Björk）　75
ファーフレイ（Donald Farfrae）　81-7, 91-3, 98-9, 112
フィッツピアーズ（Edred Fitzpiers）　32, 36, 38, 40-4, 46, 51-3, 111
フィロットソン（Richard Phillotson）　72, 139-40
フェイディアス（Pheidias）　58
ブーメラ（Penny Boumelha）　18
ブラジル（Brazil）　5, 109
ブリストル（Bristol）　81
フリントコム＝アッシュ（Flintcomb-Ash）　5
ブルックス（Jean R. Brooks）　23
ブレン（J. B. Bullen）　9-10, 113
ブロンテ姉妹（the Brontës）　1

『トマス・ハーディの私的ノート』(*The Personal Notebooks of Thomas Hardy*)　2
『トマス・ハーディの生涯』(*The Life of Thomas Hardy, 1840-1928*)　9, 113
『トマス・ハーディの文学ノート』(*The Literary Notebooks of Thomas Hardy*)　8, 111
トラウザム(Troutham)　74, 131
トラントリッジ(Trantridge)　69, 102, 105-6, 108, 111
トールボットヘイズ(Talbothays)　4, 69, 101, 124, 139
ドレイパー(R. P. Draper)　32
トロイ(Francis Troy)　18-9, 21-7, 112

〈ナ行〉

ニューソン(Richard Newson)　78, 89, 93

〈ハ行〉

ハイデルベルク(Heidelberg)　60
ハウ(Irving Howe)　47
パーコム(Percomb)　37, 40
バース(Bath)　26
ハスキッソン(William Huskisson)　129
バスシバ(Bathsheba Everdene)　17-28 , 35, 112
ハーディ(Thomas Hardy)
　『青い眼』(*A Pair of Blue Eyes*)　101, 118
　『カースタブリッジの町長』(*The Mayor of Casterbridge*)　5, 11, 30-1, 50, 75, 77, 103, 112, 123
　『帰郷』(*The Return of the Native*)　3, 6, 30, 54-6, 65, 75
　『窮余の策』(*Desperate Remedies*)　101
　「教会修復の思い出」("Memories of Church Restoration")　118
　『狂乱の群れをはなれて』(*Far from the Madding Crowd*)　1, 6-10, 15,

〈タ行〉

オックスフォード(Oxford)　139
オールドブリッカム(Aldbrickham)　127, 141
『オールトン・ロック』(*Alton Locke*)　12

〈**カ行**〉

『過去と現在』(*Past and Present*)　114
カースタブリッジ(Casterbridge)　11, 75, 77-83, 87-9, 91, 93, 95-9, 103, 123-4
カーライル(Thomas Carlyle)　113-4
ギャトレル(Simon Gatrell)　125
キングズリー(Charles Kingsley)　12
クライストミンスター(Christminster)　72, 126, 131-3, 135-6, 139-41
クリム(Clym Yeobright)　54-5, 57-60, 62-7, 75
グレイス(Grace Melbury)　33-4, 37-9, 41-7, 51-3
小池滋　129
『コーンヒル・マガジン』(*Cornhill Magazine*)　29

〈**サ行**〉

サウス(John South)　33-4, 38
サンドボーン(Sandbourne)　102, 109-11, 120
シヴェルブッシュ(Wolfgang Schivelbusch)　129
シェリー(Percy Bysshe Shelley)　7
シドニー(Sydney)　128
ジャイルズ(Giles Winterborne)　31-5, 37-42, 44-54
ジャージー島(Jersey)　81, 112
シャストン(Shaston)　141
シャートン・アバス(Sherton Abbas)　46
ジュード(Jude Fawley)　72-4, 125-8, 130-3, 135-7, 139-42
『種の起源』(*On the Origin of Species*)　8

索　引

人名、書名、ハーディ作品の主要人物と地名などを中心とする。

〈ア行〉

アイスキュロス(Aeschylus)　56, 58
アイスランド(Iceland)　60
アーノルド(Matthew Arnold)　56, 61, 64-5, 71, 138-9
「学生ジプシー」(‘The Scholar-Gipsy’)　139
『教養と無秩序』(*Culture and Anarchy*)　65
「諦観」(‘Resignation’)　61
アラベラ(Arabella Donn)　126, 128, 130, 140-1
アルプス(the Alps)　9, 60
アルフレッドストン(Alfredston)　135
アレック(Alec d’Urberville)　18, 70, 101-2, 104-11, 127
イースト・エグドン(East Egdon)　66
ウィリアムズ，メリン(Merryn Williams)　31, 108
ウェイドン＝プライアーズ(Weydon-Priors)　78, 80
ウェザーベリー(Weatherbury)　18, 24, 26
ウェセックス(Wessex)　1-2, 99, 123-4
ヴェン(Diggory Venn)　56
ウォルポール(Horace Walpole)　113
エグドン・ヒース(Egdon Heath)　3, 54-5, 57, 59-60, 62-3, 65-8, 75, 95, 109-10
エジプト(Egypt)　25, 138
エミンスター(Emminster)　101
エリザベス＝ジェイン(Elizabeth-Jane Newson)　78, 81-2, 92-3, 95, 97
エンジェル(Angel Clare)　4, 70, 72, 94, 101, 109, 124
オウク(Gabriel Oak)　17, 19-21, 24-8, 31, 34-5, 50, 112
オーストラリア(Australia)　141

著者略歴

伊藤　佳子（いとう よしこ）

1944 年、大阪市生まれ。京都大学文学部卒、大阪大学大学院文学研究科博士後期課程修了、博士（文学）。著書に、『トマス・ハーディ全貌』（共著）（音羽書房鶴見書店）、『英米文学の可能性』（共著）（英宝社）、『イギリス文学のランドマーク』（共著）（大阪教育図書）、『トマス・ハーディ全集　第 15－1 巻　詩集Ⅰ』（共訳）（大阪教育図書）、『移動する英米文学』（共著）（英宝社）。

トマス・ハーディと風景 ―六大小説を読む―

2015 年 2 月 10 日　初版発行

著　者　伊藤　佳子

発行者　横山　哲彌

発行所　大阪教育図書

〒530-0055　大阪市北区野崎町 1-25　新大和ビル 3 階
TEL　06-6361-5936　　FAX　06-6361-5819
振替　00940-1-115500

装　幀　伊藤　準

印刷・製本　株式会社共和印刷

落丁・乱丁本はお取り替えいたします。ISBN978-4-271-21035-1 C3097

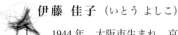